文庫旅館で待つ本は

在文庫旅館等待的書

名取佐和子

邱香凝——譯

目錄

序

警報聲橫掃過青草地。剛才還熱鬧滾滾的太鼓及加油歌聲都戛然停止，球場上的球員們與看台上的觀眾們立正不動，低垂下頭。不知是否受到電視螢幕中的這股氛圍影響，連原本在窗外叫個不停的蟬都安靜下來。

球員們脫下球帽閉上眼睛，攝影鏡頭持續捕捉他們額旁浮起的汗水。

每年八月十五日正午，突然介入甲子園激烈球賽的這幅光景，我到現在依然無法習慣。

——簡直就像是空襲警報。

不到一分鐘的時間，聽起來卻彷彿永遠不會結束。正當持續的警報聲快要引起耳鳴時，拉門被人拉開。

「大爺爺，你在忙嗎？」

一臉嚴肅探頭進來的小女孩，是我的曾孫女。她揹著書包來報告自己要上小學的那一幕，我已搞不清楚是發生在今年春天還是去年春天了——年紀大了，對時間的感覺愈來愈模糊。事實上，我根本沒想到自己能活這麼久，居然連曾孫女都有了。最近我經常思索，自己到底爲何活著。

「沒有啊，我只是在看電視而已。」

拿起遙控器關掉電視，我對曾孫女微微一笑。她這才鬆了一口氣走進房間，在我坐的和式椅前跪坐下來。

「念給人家聽。」

這麼說著，她朝我遞出一本書。看到書名，我不由得苦笑。

「妳又拿『文庫』的書來啦？」

「嗯。我最喜歡**海老澤文庫**的那個房間了，裡面有超多書，好好玩。」

「這樣啊。那妳長大以後就當爪屋的老闆娘吧。」

我開著玩笑，她露出爲難的表情，視線落在書上，臉頰上出現長睫毛投下的細密陰影。

「讀不了書也能當爪屋的老闆娘嗎？」

她小小聲地這麼問。

「讀不了書？」

「嗯。」

「畢竟這是適合大人看的小說嘛，裡面也有很多艱澀的漢字……」

我才說到一半，她就懊惱地搖頭說：

「不管是海老澤文庫的書，還是家裡的童書，或是學校圖書館的書，我全部都讀不了。沒辦法一直翻開。」

「沒辦法翻開？這又是為什麼呢？」

大概是聽出我話聲中的困惑了吧，她抬頭直視著我。由於黑色瞳仁占了很大的面積，她的眼睛格外令人印象深刻。汗溼的劉海分成兩邊，露出形狀漂亮的寬額頭。

「因為很臭。」

「臭？」

「對。只要翻開書，就會聞到刺鼻的氣味，眼睛會發癢，還會流眼淚，所以我讀不了。」

——很臭啊，臭得受不了，沒辦法。

耳朵深處響起那人說這句話的聲音，我無計可施地摀住臉。

「大爺爺，你沒事吧？」

她擔心地問。這孩子真敏感。我回答「沒事」，慢慢放開摀住臉的手。曾孫女微微皺眉的表情映入眼簾。其實比起我的孫子，這孩子長得更像嫁給孫子的那女孩。然而，她卻偏偏說了「書很臭」？所謂的因果，是多麼殘忍啊。

「這樣啊。不過，不管讀不讀得了書，會不會做菜，或是會不會說英語，只要有一顆體恤旅客的心，都可以當凧屋的老闆娘。」

我斬釘截鐵地大聲說完，戴上老花眼鏡，拿起她手中的書。

「來，大爺爺念給妳聽，全都念給妳聽。所有妳感到好奇的書，都從文庫帶過來吧。」

看著她喜悅點頭的表情，內心深處湧上一股情緒，促使我脫口而出：

「在那之前，也可以念一些大爺爺想念的書嗎？」

「是大爺爺喜歡的書？」

她天眞地問，我轉過身，從壁櫥裡拿出用蠟紙包住封面的泛黃書本。而後，我與曾孫女面對面坐下，翻開書頁。

「不從第一頁開始念嗎？」她疑惑地問，我點點頭，開口朗讀。

也沒有什麼稱得上惡人的人，畢竟都是些鄉下人。

讀不了書的曾孫女專注聽我背誦。我眨了幾下酸澀的雙眼，領悟到自己的餘生將爲這孩子度過。我決定接受終於認清的命運，好好懺悔。這本書我不知讀過多少次，次數多到我早已記住內容。

曾幾何時，蟬聲回到了我的耳邊。

第一冊

距離最近的車站走路十五分鐘，一路上都是住宅。這一帶算是高級住宅區，隨處可見氣派寬敞、無可挑剔的豪宅。也有掛著企業招牌的休養設施和看似無人的別墅。幾乎所有宅邸外圍都種了用來防風沙的松樹，散發一股傳統避暑勝地的氣氛。

聽說快到夏天時，這裡會湧入來海水浴場玩樂的觀光客，但現在正值秋天的白銀週假期，別說住宅區，就連車站和車站前的商店街都沒看到其他觀光客。從網路上查到的資料來看，這裡除了海邊也沒其他觀光景點，應該很少人會特地在非觀光季節來吧。

——這樣眞的好嗎？

腦中閃過一絲不安，永瀨葉介忍不住望向走在前面的北村雄高厚實的肩膀。

「到了！」

葉介和隔著雄高肩膀探出頭的萩原愛夢四目相接。她高舉手機揮舞，意思大概是應用程式已結束導航，抵達目的地了吧。愛夢這些習慣動作從幼稚園到現在都沒什麼改變。即使彼此都二十八歲了，她看上去還是頗爲稚氣。

葉介停下腳步，望向道路盡頭的土牆。牆不是很高，但種在內側的竹林和松樹等植栽巧妙遮擋，從外面頂多只能看見建築物頂上的屋瓦。

穿過帶有屋簷的氣派大門，眼前是一條通往古民房建築的石板路。掛著門簾的玄關小巧，光是從正面打量，建築物整體也不大。如果僅論外觀規模，剛才經過的住宅區中多的是比這裡占地更寬廣的豪宅。然而，佇立在前方的這棟房子，讓人感受到其他建築都比不上的分量。這或許是源自創立超過九十年的旅館本身的格調，也可能只是因爲歷史悠久而已。葉介一邊思考，一邊將玄關的拉門往旁拉。黑得發亮的直欄拉門看似老舊，滑開時卻順暢到超乎葉介原本的想像，輕輕一拉就開了，軌道也一點都不卡。正當葉介對喀啦喀啦敞地開的門感到不知所措時，裡面傳出一道沉穩的話聲：

「歡迎來到爪屋旅館。」

站在玄關上深深鞠躬的那個人，緩緩抬起頭。是一位身穿白色淡雅和服，繫著銀杏色腰帶的年輕女性。紮在腦後的黑髮富有光澤，五官小巧工整，氣質也很高雅。

「啊，是老闆娘嗎？」

「我是小老闆娘，名叫丹家圓。老闆娘身體不舒服，今日無法來迎接貴客，非常抱歉。」

禮貌回答了愛夢的問題後，圓再次低下頭。老實說，對只住一晚的旅客而言，無論她是老闆娘或小老闆娘，都沒有太大關係。提問的愛夢本人一定也這麼想吧，她不好意思地揮了揮手。令葉介折服的是，圓的態度依然沉穩，與慌張的愛夢形成對比。

「可以麻煩三位來櫃檯登記入住嗎？」

圓的聲音不高也不低，聽在葉介耳中很是舒服，甚至有股懷念的感覺。氣氛一下子融洽起來，看得出雄高和愛夢也對這位看似有點不食人間煙火的小老闆娘頗有好感。

在圓的帶路下走到櫃檯，雄高先拿起筆，一邊在登記簿填上名字，一邊找話說：

「這裡相當安靜呢。」

「因為今晚的客人只有三位。」

站在櫃檯裡的圓揚起嘴角，微笑道。

最後一個填寫名字的葉介寫完必填事項後抬起頭，圓像變魔術般攤開手掌，雙手掌心各有一把鑰匙。其中一把掛著白色流蘇的鑰匙圈，另一把則是藍色流蘇。

「喔，是圓筒鎖啊，還以為會是掛鎖。」

聽到葉介的嘟囔，圓頓時睜大了眼睛。一旁的雄高笑道：

「這傢伙說的話題太冷門了，抱歉。」

儘管身為鎖匠兒子的葉介堅持這是常識，對一般人來說，確實可歸於「冷門」的類別吧。這麼一想，他只能苦笑接受。圓好奇地盯著掌上的鑰匙說「原來這種鎖叫圓筒鎖啊」，察覺三人的視線集中在自己身上，又露出楚楚動人的笑容說：

「兩個房間都在二樓，北村先生和萩原小姐請使用『白房』，永瀨先生請使用『藍房』。」

圓將藍色流蘇的鑰匙遞給葉介，動作沒有一絲猶豫。葉介忍不住朝雄高和愛夢望去。兩人也一臉困惑，可見三人都沒有把那個資訊告訴旅館的人。

「請問，房間的分配——您怎麼會知道要這樣分配呢？我們三人姓氏各不相同，一般來說，應該會安排兩個男人同房吧？」

凝視圓形狀漂亮的額頭，葉介這麼問。過去也有很多次三人一起住宿的經驗，不管去哪裡，飯店方面一開始都會以性別來分房。葉介自己如果是飯店員工，爲了避免糾紛一定也會這樣安排，所以才更感到奇怪。明明什麼都沒聽說，圓是怎麼看出愛夢和雄高是一對情侶的呢？更別提從進旅館到現在，愛夢一直站在葉介旁邊，只和葉介交談。

圓看了看分別交給雄高和葉介的鑰匙，像是想複誦一次「怎麼會……」。不過，她立刻改成指了指自己的鼻子。

「妳的鼻子很靈？」

聽葉介這麼說，圓微笑點頭，沒有另外解釋。葉介不知道該怎麼問下去，只能點頭說「這樣啊」。

伴隨著足袋移動的沙沙聲，圓走出櫃檯，抬頭看葉介。她有著黑色瞳仁面積特別大的雙眼，或許因爲如此，眼睛看起來比實際上還大。這雙眼睛莫名有吸引力，給葉介一種不可思議的熟悉感，難以移開視線。他的內心深處產生一股騷動，很想說些什麼。

圓不再盯著葉介，拿起愛夢放在櫃檯前的行李箱，重新轉向三人：

「那麼，我帶三位到房間。行李只有這一件嗎？」

葉介和雄高點點頭，住一個晚上所需的行李，都在背上的小背包裡了。圓輕鬆提起粉紅色行李箱往前走。雖然身材纖細，她的臂力似乎很強。走動時，從和服衣襬下露出結實好看的阿基里斯腱。

「啊，我來拿吧。」

三人異口同聲地說著追上她。

客房是古早年代的旅館和室，有凹間和寬敞的廊台。整體似乎經過適時的修繕和改裝，即使是老宅，所有設備都沒有令人擔憂的老朽狀況。盥洗台旁邊的廁所和淋浴間，更是採用最新的飯店常見的時尚一體成形設計，反而顯得跟周遭有點格格不入了。

廊台上擺著一套桌椅，葉介獨自坐在那裡，隔著玻璃窗眺望彷彿與此相連的大海。他轉開木頭窗框上的螺旋式栓鎖，打開窗戶，吹進一陣令人心曠神怡的風，海潮聲更大了。

非觀光季節的城鎮冷清蕭條，原先看到這棟以旅館來說外觀太小的建築時，葉介曾擔心「選這裡真的好嗎」。然而，面對眼前這片美景，享受著周遭的環境音，他還真覺得來對了。

「剩下的事，就看那傢伙自己的表現了……」

自言自語的途中打了哈欠。葉介今天起得早，脫離日常生活的解放感與旅途中的舒適感，使他忍不住閉上眼睛。

聽到「我要進去嘍」的話聲，葉介才驚醒。確認了手機螢幕顯示的時間，離登記入住已過一小時。

房門打開，雄高毫不顧忌地走進來。只見他身上穿著印有密密麻麻「爪屋」字樣的浴衣，腋下挾著薄薄的毛巾。

「在外面叫你半天都沒回應……你睡著了嗎？」

「睡著了啊，看就知道了吧。」

葉介揉著眼睛打哈欠。雄高不滿地哼了一聲，說「你這傢伙眞悠哉」。

「我昨天可是緊張得一整晚都沒睡。」

「又不關我的事。」

這麼說著，葉介內心掀起了些波濤。雄高皺眉搖頭：

「怎麼說不關你的事？葉介是重要的見證人。」

葉介聳聳肩起身，這才注意到雄高的打扮，於是問：

「你要去泡溫泉？」

「對啊，離晚餐還有一點時間。葉介要不要一起去？去嘛。」

「到底是誰悠哉啊。」

「我才不是悠哉，泡溫泉是爲了淨身。在進行重要儀式前，得先清潔身體才行。」

「把求婚講成『儀式』的，全世界大概也只有雄高你了。」

葉介笑著往和室移動，拿起折好放在榻榻米一隅的浴衣。

「愛夢呢？」

「去了文庫就一直沒回來。」

「喔，就是她說的那個……」

這次要求住凧屋旅館的正是愛夢，爲的是這家旅館附設的「文庫」。這間藏書室內收集了至昭和初期爲止的大量舊書，不僅書況好，種類也很齊全，聽說只要是住宿的旅客就能自由借閱。熱愛閱讀到成爲書店店員，還會跟在網路上認識的同好舉行線上讀書會的愛夢選擇了這樣的旅館，說起來一點都不令人意外。要是往年，對舊書毫無興趣的葉介應該會極力爭取去住其他知名觀光景點的旅館，今年卻老實聽取愛夢的意見。自三人從不同大學畢業、踏入社會的那年至今，每年都會一起旅行。這樣的三人之旅到了第六年的今年，或許會是最後一次了。

「那麼，爲了祈求雄高求婚順利，就去洗個澡吧。」

葉介打趣地這麼一說，雄高一臉認眞地點頭。兩人還是少年棒球隊的夥伴時，每次雄高都會頂著這樣的表情上場打最後一棒。葉介想起那種時候的他多半會被三振，不過沒說出口。

今年的盂蘭盆假期，雄高找了葉介出來，兩個男人一對一喝了酒。兩人老家在同一個地方，也都還住在家裡，卻特意約在東京一家光線昏暗的酒吧。在那裡，葉介得知雄高的上司問他要不要去美國。在雄高任職的汽車公司，去美國是出人頭地的必經之路。如果他接受了，明年春天就要飄洋過海，而且這一去至少五年回不來。

一口氣把才剛問過酒保就忘了名稱的祖母綠色調酒喝乾，葉介問：「你要去嗎？」

「去啊，畢竟我就是個上班族，不可能拒絕高升。」

「嗯，正常是會這樣選擇沒錯。那愛夢怎麼辦？」

「問題就在這裡。」雄高原本自豪的表情爲之一變，嘆了一口氣：

「開口就問她要不要跟我結婚去美國，這門檻太高了吧？」

「會嗎？愛夢在高中和大學時期都留學過，英語流利得很。再說，她也不是怕生的人，溝通能力又強，應該會十分享受美國生活吧？」

「這方面我也是不擔心。」

雄高喝一口裝在薄透玻璃杯中的精釀啤酒，露出苦澀的表情。

「問題是，這樣會奪走她書店店員的工作啊。正因如此，我才認爲求婚是負責任的做法——可是，讓女人配合男人的工作，未免太跟不上時代了。」

「是啊，現在是個連呼吸都可能造成騷擾的時代。」

葉介故意開玩笑，點了和雄高一樣的精釀啤酒，等酒保端上來。

愛夢和雄高交往三年左右了吧。葉介暗自計算年數，交往三年，今年又已二十八歲，考慮結婚是相當正常的事。

對葉介來說，雄高和愛夢都是從小學（他和愛夢甚至從幼稚園就認識）到現在的孽緣損友，也是彼此父母都認識的鄰居。他跟同性的雄高雖然上了不同大學，但一直都往來密切。由於高中考上私立女校，愛夢有段時間和兩人較爲疏遠，但大學畢業後，愛夢任職的書店正好和成爲市公所職員的葉介工作地點很近，兩人再次重逢，雄高也加入後，三人更是一口氣縮短了距離。

沒錯，三人之間明明是以同樣的步調拉近距離的啊。看電影、去遊樂園、露營、騎自行車、登山和去海水浴場，總是三人互相配合時間，一起安排出遊計畫的不是嗎？從什麼時候開始，愛夢和雄高往前跨出了朋友關係呢？只有葉介一個人被拋下。當初是誰主動？又是怎麼發展的？有關交往的詳細情形，兩人從來都不說，葉介也不願一一追問，至今依然成謎。

第一次約會的地點和告白時說了什麼，這些事大概會在婚禮司儀介紹新郎和新娘時，當著賓客的面揭曉吧。泡在大浴池的紅色溫泉水裡，葉介這麼想著。胸口有一種又熱又冷的感覺，眞是奇怪的心情。察覺自己或許根本不想聽到他們兩人這方面的話題時，一陣水花朝自己潑來。定睛一看，雄高岔開雙腿站在那裡，拿著水壓強勁的蓮蓬頭往頭上沖。緊閉雙眼的那張臉上表情凝重，一身精壯的肌肉，除了身高矮了一點之外，身材比例很是平均，宛如一尊西洋雕像。

「你是在瀑布底下修行的大衛像嗎？」

葉介喃喃嘀咕，雄高大聲反問：「啥？」葉介懶得解釋，乾脆念出貼在眼前牆上的溫泉說明書。

「這裡的溫泉百分之百來自源泉耶。」

「是喔。」

「不加熱、不加水。」

「是喔。」

「水呈紅色是因為溫泉裡富含的鐵質接觸空氣氧化。」

「這樣啊。」

葉介照本宣科的話聲和雄高敷衍的回應，在白色水蒸氣中交錯迴盪。

＊

三人聚集在雄高他們的房間，一起吃旅館準備的晚餐，餐點使用了大量海鮮。飯後，雄高約愛夢去散步。這是決定住宿地點後，雄高和葉介一起想出的求婚大作戰第一步。葉介按照事前討論的，假裝自己吃太多肚子痛，目送兩人單獨出去。

愛夢原本想留在房間看從旅館文庫借的中原中也詩集《往日之歌》初版書，拗不過雄高的要求，答應跟他一起去夜晚的海邊散步。

葉介空著雙手走出房間，想著不如再去泡一次溫泉吧。他把毛巾掛在脖子上，正打算下樓時，和走上來的圓遇了個正著。她穿著跟登記入住時一樣的白色和服，多圍了條朱色圍裙。

「可以幫各位收拾餐桌了嗎？」

「啊，麻煩妳了。」

聽到葉介這麼回答，圓微笑點頭，爬上樓梯。葉介追著她的背影，叫住她說：

「請問……除了海邊和大浴場，還有哪裡適合打發時間嗎？像是酒吧之類的地方。」

「居酒屋也可以的話，車站前是有幾家，可是……」

圓欲言又止，一雙閃著光芒的漆黑眼瞳凝視葉介。

「永瀨先生，你不擅長喝酒吧？」

「對啊，不是完全不能喝，但容易一喝就全身發紅，有時甚至會覺得不舒服。身體狀況不好的時候，還會長蕁麻疹，所以聚餐的時候大都喝可樂——」

說到這裡，葉介忽然僵住了。

「咦，誰跟妳說過我不會喝酒的事嗎？」

圓只是微笑，葉介想起登記入住時的事，指了指自己的鼻子。

「該不會又是**這個**？」

圓一副若無其事的樣子，光明正大地假裝沒聽見，沉穩地說：

「要不要到我們旅館的文庫看書？那是我們自豪的館內設施。」

「文庫啊。」

留下雙手抱胸、輕聲咕噥的葉介，圓兀自上樓去了。

從無人的櫃檯前走過，也不在面向大窗的一樓大廳停留，葉介繼續往前直走，就看見一道通往下方的短短階梯。

根據館內導覽圖，走下這道階梯就是位於半地下室的文庫了。天花板上掛著精雕細琢的乳白色玻璃復古燈罩。只靠燈罩透出的白熾燈光還不夠亮，於是用均等配置的近代風落地燈補足光線。正面的白牆上，掛著一幅描繪古老街景的裱框西畫。畫框正下方的地上，直接擺著一個看似沉重的玻璃花瓶，插有新鮮的枝葉。右側牆前設置高達天花板的書架，遮住了整面牆。左側牆面則和大廳一樣，嵌著一扇大玻璃窗。彷彿將窗戶圍住似的，窗前放著一套方形皮沙發和有木製扶手的單人沙發，以及一張木頭茶几。

走向書架前，葉介靠近窗邊。

由於是晚上，遮陽的百葉窗全部拉起。隔著擦得很乾淨的窗玻璃，背海庭園的景色盡收眼底。修剪得十分有美感的樹木、面積不大但仍築有一道橋的池塘，這些景色在庭園燈光下營造出一股美好的氣氛。比起一片黑暗的海邊，雄高求婚的地點應該選擇這裡才對吧。葉介這麼想著，內心冒出疑問。

——愛夢會答應雄高的求婚嗎？

視線落在比庭園更遠的海邊，葉介這才察覺自己非常緊張。

聽見下樓的輕盈腳步聲。他回頭一看，站在那裡的圓笑靨如花。

「找到想看的書了嗎？」

葉介窮於應答的表情，映在圓那雙漆黑的眼瞳中。一種有什麼要被人從心底深處扯出來的感覺令葉介坐立不安，他開口應道：

「我有點擔心他們……老實說，現在不是看書的時候。」

「擔心北村先生和萩原小姐嗎？」

「對，現在北村雄高應該正在向萩原愛夢求婚。」

「這可眞不得了。」

圓嘴上這麼說，神色倒是不怎麼驚訝。葉介一陣焦躁，但也只能點頭。

「他們會成爲夫妻、維持男女朋友的關係，還是退回朋友關係，或是更糟的連朋友都做不成——爲了當見證人，我今晚才會在這裡。是雄高拜託我的。」

求婚現場居然有個第三者，正常人哪會這樣？葉介這麼認爲，起初拒絕了。可是，雄高說什麼這輩子就求這麼一次婚，低下頭拜託葉介。

——要是慣例的三人旅行變成只有兩人，愛夢一定會覺得奇怪。更何況，老實說我這次求婚，成功的可能性很低。萬一失敗時葉介不在身邊，我一個人熬不過去。

雄高說得一副像是已被拒絕的沮喪模樣，葉介實在無法不答應。

「看來，這會是漫長的一夜。」

圓輕聲對葉介抛下這麼一句，無聲地往書架前移動。她的雙手在朱色圍裙上擦了擦，沿著牆壁緩緩踱步。

不知來回走了幾次後，圓忽然蹲下，從書架最下層小心翼翼地取出一冊單行本，又站起身。

圓將這本書遞給葉介。仔細一看，書的狀態保持得很好，沒有因日曬而褪色，葉介念出書名和作者。

「《女兒心》，川端康成。」

「你讀過這本書嗎？」

「沒有、沒有。」葉介急忙搖頭，腦中拚命回想川端康成的代表作。

「他的作品——我大概只讀過《雪國》和《伊豆的舞孃》吧。」

說著，葉介戰戰兢兢地接過這本看似年代久遠的書。不知是原本就沒書衣，還是書衣掉了，露出底下的內封。

封面整體描繪著花朵圖案，中間是大大的直式書名《女兒心》。書名底下則是橫式的作者名，從右邊寫向左邊的字體細小，彷彿作者名只是附加。

「這是適合女生讀的小說嗎？」

「你怎麼會這麼想？」

「封面的氛圍……畢竟是花朵圖案。」

葉介指向封面，圓才像首次得知此事般睜大眼睛說「眞的耶，是花朵圖案」。

「我認爲這是一本適合永瀨先生讀的小說。」

「哪方面？」

圓的視線在葉介與他手上的書之間梭巡了幾趟，最後直視葉介。

「是因爲氣味。」

「氣味……。呃，又是跟妳那很靈的鼻子有關？」

說著，葉介指了指自己的鼻子。沒有回答這個問題，圓繼續道：

「這本書和永瀨先生有著同樣的氣味。」

「妳的意思是，我身上有舊書的氣味？」

葉介不假思索地拿起舊書嗅聞。聞到一股霉臭味，令他大受打擊。圓趕緊搖頭說：

「不是那個意思。抱歉，我說話有語病。」

那麼，到底是什麼意思啊？葉介還來不及吐嘈，大廳那邊傳來進門的鈴鐺聲，雄高他們似乎回來了。

顧不得圓剛才說的話是什麼意思，葉介抱著書跑向大廳，背後傳來圓冷靜的聲音：

「晚上睡不著的時候，請讀看看這本書。」

站在大廳櫃檯前的兩人之間隔著一段微妙的距離。葉介內心升起不妙的預感，正裏足不前時，愛夢轉過身來。視線在半空中交錯，愛夢的表情一如往常，他看不出有什麼變化。

——求婚的結果到底如何？

葉介喉嚨乾得發不出聲音，愛夢揮了揮手說「我們回來了」。那稚氣的動作也和平常沒兩樣，實在教人莫名不安。

聽到愛夢的聲音，雄高也轉向葉介，臉紅得異常。

「雄高……你該不會喝酒了吧？」

「對嗡，里放心噠，我們回房顛地續喝。里看，我也買了葉介里噠份。」

雄高口齒不清，舉起手中印有酒鋪店章的塑膠袋，裡頭的瓶瓶罐罐哐啷作響。

「到底……」

想說點什麼，又把話吞了回去，葉介凝視著愛夢。這時，圓從葉介的背後經過，走進櫃檯，向雄高及愛夢深深鞠躬說「歡迎回來」，將繫有白色流蘇鑰匙圈的鑰匙交到愛夢手上。

愛夢朝葉介鼻尖遞出鑰匙：

「總之，你先幫忙帶雄高回房間好嗎？他連站都站不穩了。」

「我悶三個回房顛呵喔！」雄高還在嚷嚷，葉介往他背上拍了兩下，愛夢朝葉介使了「快點」的眼色。

葉介讓眼看就要摔倒的雄高靠在自己肩膀上，圓走出櫃檯，輕鬆提起雄高手中的塑膠袋，幫忙送往客房。

打開房門，棉被不知何時已鋪好。雄高對準被褥撲上去，就這樣睡著了。被比自己重將近十公斤的雄高拖著，葉介勉強站穩腳步才不至於跟著跌下去。等圓放下酒離開後，葉介回頭望向堅持站在門口不進來的愛夢，下定決心開口問：

「妳拒絕他的求婚了嗎？」

「我暫時保留答案。」

「保留？」

葉介重複愛夢的話語，反問。愛夢露出挑釁的眼神。

「我還有些事要考慮，所以請他等我一下。」

「這樣啊，也對，愛夢有自己的工作和人生規畫嘛。」

葉介覺得合理，愛夢卻孩子氣地拉扯自己的劉海，抬眼注視著葉介說：

「我也有想跟葉介確認的事。」

「我？」

葉介全身一僵，望向躺在一旁的雄高。愛夢彷彿看穿葉介心裡在想什麼似的，很快地又說：

「如果在雄高旁邊無法放心談這件事，不然換去葉介你的房間？」

「這樣也好……」

葉介低聲回答，凝視著雄高緊皺的眉心。

踏進葉介的房間，愛夢連看也不看四周一眼，毫不猶豫地一屁股坐上鋪好的被褥。盤起包裹在緊身牛仔褲裡的雙腿，她從塑膠袋中拿出一罐氣泡燒酌，再拿出寶特瓶裝的可樂遞給葉介。

一邊道謝一邊接過可樂，葉介順勢坐在愛夢對面。他從來沒有像今天這麼希望自己能喝酒。

「愛夢剛才沒喝嗎？」

「喝了啊，跟雄高喝的量差不多，所以我現在頭昏腦脹的。」

話是如此，愛夢的臉色看起來與平日無異。這麼說來，認識這麼久，葉介從未看過愛夢醉酒的樣子。一直以爲她是盡量少喝，懂得節制，原來純粹只是酒量好。

轉開寶特瓶蓋，氣泡噴出來，葉介急忙用嘴巴去接，順便打開話題：

「要辭掉喜歡的工作，果然還是需要很大的決心吧。」

「嗯……」愛夢歪著頭，把腿收起來，雙手抱住膝蓋。「其實，這倒不是什麼問題。」

「是喔？」

「嗯，書店店員本來就只是我第二想做的事。」

「那妳最想做的是什麼？」

「去美國生活。」

「是喔？」葉介驚訝到重複了同樣的問句。愛夢用奇怪的音調笑著說「是啊」。

「高中和大學時期去寄宿家庭體驗到的完全不夠，我想在那裡『生活』久一點。思考著怎樣才能去美國生活，找工作的時候我投了很多美國企業或在美國有分公司的日本企業，但都沒有獲得錄取。我只好轉換想法，留在日本找跟自己喜歡的書本相關的工作。」

愛夢促狹地問「你都不知道吧？」，葉介只能點頭。愛夢先是鼓起腮幫子，又馬上恢復正常的表情，低聲嘀咕：

「雄高也不知道，因爲我都沒說。」

沉默籠罩著兩人，只聽見海潮聲。愛夢像是第一次學用杯子的幼兒，雙手捧著氣泡燒酌的酒罐壓扁。

承受不住這種尷尬的氣氛，葉介率先開口：

「既然如此，那不是剛好嗎？」

「你的意思是，剛好可以答應雄高的求婚嗎？」

愛夢狠狠瞪了葉介一眼，沒想到她會有這樣的反應，葉介不禁倒抽了一口氣。別開視線前，葉介瞥見她的眼裡似乎閃著淚光。

「葉介，你眞的覺得這樣好嗎？」

「什麼嘛，妳想確認的就是這個嗎？不管我覺得好不好……交往中的男女步入婚姻不是很正常嗎？周圍的人哪有資格指手畫腳。」

「正常，是嗎……」

這麼說著，愛夢咬著嘴唇沉思，隨即又抖著肩膀笑起來。

「哎呀，眞懷念。上幼稚園的時候，葉介也對我說過一樣的話。」

「什麼？」

「你不記得了嗎？就讀中班的時候，我說想跟葉介玩，你回答『男生跟男生玩才正常，所以我要跟小修玩，愛夢妳也去跟別的女生玩』，一副正氣凜然的樣子，彷彿『正常』有多麼神聖似的。」

小修，有二十年沒聽到這名字了。葉介的腦海隱約浮現那個光頭小子的長相。

「哇，放到現今來看，我那句話大有問題。」

「就算在那個年代沒有問題，你還是傷到我了，感覺像被騙。」

「騙妳什麼……不過，我在此向妳道歉。」

想起愛夢今晚喝了多少酒，葉介低頭賠罪。好似為了故意喝給葉介看，愛夢咕嘟咕嘟地喝光第二罐氣泡燒酌。

「還有，社會上的價值觀或常識，也是隨著時代不斷改變的。葉介所謂的『不正常』，現在大家說不定都覺得『很正常』了。」

「什麼意思，妳在說什麼啊？禪問答嗎？」

瞥了開起玩笑的葉介一眼，愛夢一手拿著罐裝氣泡燒酌，搖搖晃晃地起身。

「我差不多該回房間了，那袋酒暫且寄放你這裡。」

「可以啊。」

愛夢粗魯地踩過棉被往門口走，握住門把前再次回頭。

「我打算明天辦理退房前給雄高答案。」

「所以……」遲疑了一會，愛夢一口氣說：

「葉介在那之前下定決心，要採取行動的話就動起來吧。」

「什麼決心啊？」

葉介笑著問，愛夢卻笑也不笑一下，以幼稚的動作敬禮，留下一句「拜託別騙人嘍」，便走出房門。

*

隔天早上，葉介下樓走到餐廳想吃早餐。只見雄高和愛夢已吃完，正在喝茶。看到葉介，雄高停止和愛夢的對話，快步走近。

「抱歉，葉介，退房前你可以一個人行動嗎？」

「我無所謂。」

雄高單手做出「抱歉」的手勢，視線移向愛夢。

「愛夢說『想再去一次海邊』。」

「喔，求婚大作戰的後續嗎？」

「你也覺得是這樣嗎？畢竟她都說『想兩個人單獨去』了。啊，太好了，昨天她說要再考慮時，我眞的以爲是在婉轉表示拒絕。」

昨天那麼沮喪的雄高，此刻已看不出宿醉症狀，笑得開朗。葉介暗自苦笑「這傢伙眞是頭腦簡單」，又忽然擔心起來。

——我打算明天辦理退房前給雄高答案。

愛夢是這麼說的，可沒說「打算接受雄高的求婚」。思考了一個晚上的結果，也可能是「對不起」，這不是更傷人嗎？簡直就是補上致命一擊。葉介冷眼旁觀，只見愛夢像個孩童般張著嘴，抬頭望著掛在餐廳牆上不知描繪什麼人物的書畫。那漫不經心的側臉，看得葉介有點火大。

「咦，葉介，你眼睛好紅，是睡眠不足嗎？」

雄高悠哉地這麼問。葉介低吼「別管我的事了」，趕狗似地對雄高揮手。

雄高和愛夢走出餐廳的同時，圓一邊道早安一邊端著餐點進來。

鹽烤香魚，厚煎蛋捲，放了小芋頭、舞菇和小松菜的豐盛味噌湯，海苔，醃漬小黃瓜及茄子。很有日式旅館風格的早餐，裝在高腳托盤裡，放在葉介的面前。

雙手合十，說聲「我要享用了」，葉介先以筷子切開厚煎蛋捲。或許是用力過猛，蛋捲有些破碎，葉介這才察覺自己在生氣。一察覺這點，手顫抖得更厲害。就在筷子差點掉下去時，一旁伸出一隻白皙的手，幫他接住了筷子，重新整齊地放回碗上。

抬眼一看，圓拿著茶壺站在旁邊。她今天穿的是色彩柔美的黃綠色和服，繫著跟昨天一樣的朱色圍裙。

「要來點茶嗎？」

「啊，好，那來一點。」葉介正要拿起茶杯，圓制止了他，直接將茶壺裡的茶注入茶杯。蒸氣中冒出茶香，是一杯深褐色的茶。

「這是焙茶，請用。」

「那我就不客氣了。」

既然都這麼說了，也只能喝。葉介隱瞞自己怕燙的事實，端起燙得無法拿太久的茶杯。

茶燙得近乎熱辣，舌尖逐漸失去感覺。葉介看見自己映在圓那雙黑色瞳仁特別大的眼中，腦海瞬間浮現一句：

與其說我是因被留下而感到寂寞，不如說是為不知何去何從而悲傷。

這個句子出自從文庫借來的《女兒心》。雄高說的沒錯，葉介確實睡眠不足。昨晚送愛夢離開後他就怎麼也睡不好，隨手拿起這本書，最後不光是同名短篇〈女兒心〉，連其他收錄的短篇都一口氣讀完，這時天也亮了。

「昨天借的書，我讀完了。蓋在書上的藏書印——」

葉介正想詢問書主人與旅館的關係，圓卻打斷了他的話。

「你覺得這本書如何？」

「啊，喔，除了文字淺白好閱讀，內容還意外地打動人心。所謂的名著就是這樣吧。」

「比方說，哪些內容？」

「『與其說我是因被留下而感到寂寞，不如說是爲不知何去何從而悲傷』。」

圓像是把全身神經都集中在耳朵般專注傾聽葉介背誦書中的句子。背誦到一半，葉介突然感到難爲情，聲音愈來愈小。

「這段文字有後悔的氣味。」

圓的視線低垂，靜靜地說。葉介心頭一驚，兀自陷入混亂。圓指的明明是川端康成的文字，爲何自己會有一種心情被看穿的感覺？爲了不讓圓察覺自己的慌亂，葉介喀啦喀啦地嚼起醃菜，喝口焙茶。舌頭又燙傷了。

只住一晚的小旅行，行李幾乎不用收拾。帶來的最低限度的行李，葉介早已速速放進背包，完成了打包。

雄高和愛夢應該沒這麼快回來，自己一個人先退房也不是辦法。葉介折疊好棉被，在房間的榻榻米上躺成大字形。雖然因爲昨晚幾乎沒睡，聽著窗外的海潮聲，漸漸睏了起來，葉介的腦袋卻很清醒，思緒在腦中團團轉。他忍不住翻了個身，放在矮桌上沒收的書映入眼簾。

——拿去還好了。

葉介刻意花了些時間慢慢起身，抱著書走出房門。

還沒走到大廳櫃檯，就在走廊轉角遇見圓。葉介才說了「書……」，她似乎就會意，指了指文庫所在的方向，大概是表示「自己把書放回架上就行」吧。葉介點了點頭，獨自走向文庫。

步下短短的階梯，來到書架環繞的文庫，最初映入眼中的，果然還是能看見庭園的那扇大窗。陽光尚未照射進來，昏暗安靜的文庫感覺更加寬敞。葉介把泛黃的書換到另一手上，背對窗戶，從最邊角開始瀏覽書架上的書。看來，這裡的書是按照作者姓氏的五十音順序排放。

葉介從「A」行看起，很快就找到「KA」行的川端康成（註一）。包括知名的《淺草紅團》和《伊豆的舞孃》在內，川端作品占了架上相當大的位置。想起蓋在《女兒心》裡的藏書印，葉介拿起另外幾本翻看，全都蓋著同樣的藏書印。

——海老澤文庫。

若是沒記錯，小老闆娘自我介紹姓「丹家」，旅館的屋號是「凧屋」，兩者似乎都和「海老澤」無關。這文庫裡的書，或許是常客的贈書？

「海老澤不是……」

葉介自言自語，打算把《女兒心》放回書架。就在這時，伴隨著餐具的輕微碰撞聲，有人走進文庫。

葉介轉向階梯，正好與圓四目交接。她停下腳步，舉了舉手中的托盤。

「永瀨先生，還有時間的話，要不要跟我一起喝點東西？」

「用咖啡配萩餅當點心是嗎？」

葉介看著托盤上的咖啡杯和萩餅，圓稍微提高音量。

「對，咖啡與和菓子也很搭。而且，今天正值秋天的彼岸期間（註二）。」

這麼說來，的確如此。葉介雖然跟父母住在一起，生活作息卻刻意錯開，很久沒有注意到這些配合季節的例行節日了。

放在厚實小盤上的萩餅看上去十分吸引人。圓仔細觀察葉介的表情，輕輕笑了起來。

註一：川端讀音為「KAWABATA」。

註二：類似台灣的清明節，分春、秋兩次，在春分、秋分當日加上前後三天，這段期間有吃牡丹餅、萩餅的習俗。

「太好了，永瀨先生也是嗜甜的人。」

「既然說『也』，表示小老闆娘妳也是嘍？」

「我最愛吃甜食了。」

那微微羞紅著臉點頭的模樣，令人產生親近感。

「這萩餅該不會是妳親手做的吧？」

「不是、不是，這是專家的手藝。請鎮上最好吃的和菓子店送來的。別說和菓子，我連煮菜都不在行……只負責吃。」

「哦，這眞是令人意外。」

說著，葉介注視著圓。無論是長相或裝扮，她都給人一種「大和撫子」的印象。輕易就能想像出她穿和服、繫圍裙，手握菜刀站在廚房裡的情景。

彷彿是爲了逃離葉介的視線，圓轉身望向窗戶。

「我的點心從以前就是祖母做的──」

這話沒有說完，但葉介隱約聽得出言外之意，沒有繼續追問。在圓的催促下，他坐上窗邊的方形沙發。

「失禮了。」隔著一點距離，圓也在對面的同一組方形沙發坐下。她一手扶著另一手的衣袖，俐落地在葉介面前擺上放有萩餅的小盤子、咖啡杯碟、小牛奶罐及裝方糖的瓶子。素陶咖啡杯中飄出濃郁的香氣，萩餅的紅豆餡顆粒分明，散發光澤。看得出食材高級——換句話說就是不便宜，葉介忽然不安起來。

「請問，我眞的可以免費接受這樣的招待嗎？」

「我沒說是免費招待。」

葉介「咦」了一聲，說不出話。圓露出惡作劇般的眼神，漂亮的手指指向放在桌上的書。是葉介來不及放回書架的《女兒心》。

「我有時會舉行這樣的茶會，提供咖啡和甜食作爲交換，請客人告訴我書本的內容。」

「書本的……內容？」

爲了躲開葉介的視線，圓拿起咖啡杯喝了一口，白皙的喉嚨微微一動。閉了一會眼睛，像是在品嘗咖啡的滋味和香氣，之後她才用鼻子吐氣，睜開黑色瞳仁特別大的眼睛，微笑道：

「我啊，讀不了書。」

「呃，這話怎麼說……」

葉介猶豫著該如何表達，臉上流露歉意。凝視這樣的他，圓輕撫小盤子渾圓的邊緣。

「很難說明清楚，總之我不是不識字，生活上也沒有什麼困擾。只是，不知爲何，我就是讀不了書，怎麼也忍受不了那股氣味……」

圓皺起眉頭，指向正對沙發那整面牆上的書架。葉介想起圓曾說自己和《女兒心》有相同的氣味。

「意思是，妳覺得很臭嗎？」

「不，有點不一樣。硬要說的話，是氣味太強烈。就像切洋蔥時，被氣味刺激的感覺。」

「喔喔，會嗆鼻流淚之類的。」

「就是那樣。因為一看書就會變成那樣，我讀不了書。沒辦法翻閱書本太長時間。」

「眞的會有——」

眞的會有這種事嗎？葉介原本想如此反問，但聽到圓的下一句話後立刻作罷。

「擁有這麼厲害的文庫的旅館小老闆娘，居然連一本書都讀不了，簡直就是失職吧。我祖母可是把這裡所有的書都讀遍了。」

那窄窄的肩膀沮喪下垂。看來，她是眞的想讀也讀不了。

總之，應該是對氣味特別敏感的人吧。葉介在內心換了個能夠說服自己的解釋，決定先相信圓說的話。

「所以，老闆娘，妳是希望盡可能知道這些書的內容嗎？」

「是的，曾祖父還在世時會朗讀給我聽。可是，那時我年紀太小，無法理解書的內容。長大之後，祖母也會利用工作空檔朗讀給我聽，或是告訴我書的內容在講什麼，不過……」

剛來這裡的時候，圓說身體不舒服的老闆娘，應該就是她的祖母吧。葉介自己在心中補上圓沒說出口的話，拿起萩餅來吃。軟Q的糯米很有嚼勁，紅豆餡不會太甜，搭配得剛剛好。吃完萩餅後，喝一口咖啡，咖啡的苦味又在口中形成極佳的調劑。

「我明白了，爲了答謝妳的咖啡和萩餅，就讓我來說明這本《女兒心》的內容吧。雖然充其量只是我個人的感想。」

聽葉介這麼一說，圓的雙眸亮了起來，點點頭說「那就麻煩你了」。

正如書名的《女兒心》，這是一部描繪年輕女性心境的作品。同名短篇的敘述者是剛從女校畢業的咲子。從她的角度描述自己和學生時代以來的摯友靜子，及咲子從以前就認識的青年武，這三人之間的關係。

葉介翻開書，不經意地補充：

「篇名頁上的標題旁邊，還有副標『咲子手記』。」

「特地加上去的嗎？」

「是的。應該說，這篇小說原本就是以靜子的一位遠房叔叔，介紹咲子寫給靜子的信的方式構成。只是第一人稱還是咲子，所以我總覺得有點夾纏不清。」

圓默默等待葉介接下來的說明。葉介在緊張中繼續道：

咲子和武原本就有不構成結婚阻礙的「血緣關係」，正因如此，周遭的人和當事人都把「兩人日後會結婚」視爲理所當然。換句話說，兩人的交往宛若被人用神轎扛著，走在通往目的地的平整道路上。這段誰也不會反對的穩定關係，卻在咲子以「突如其來的天啓」爲由的心血來潮之舉下，變得不穩定了。原來，咲子竟開始努力撮合武和靜子。

「咲子不喜歡武嗎？」

「不，她喜歡。這裡也有寫，**『我只要看著武，就覺得沒有什麼想要的東西，沒有什麼想做的事了。所謂回到故鄉的心情，大概就是這樣吧』**。」

「咲子在他身邊可以安心呢。」

葉介點點頭，圓的感想和自己一樣。

「或許是太容易想像兩人建立家庭、生兒育女、一起走向老死的日子，所以咲子覺得無趣吧？眞是太不知足了，明明正常才是最好的啊。」

「正常？」

圓微微歪了歪頭。看著她的動作，葉介兀自說起來：

「是啊，比方說我的父母就是一對相差二十歲的夫妻。他們本身感情融洽，自己或許不認為年齡是個問題。可是，這樣的組合並不正常。身為兒子的我，無可避免會受到影響。」

學生時代，站在一起看上去就像父女的雙親和年紀足以當自己祖父的父親，不知害自己被人調侃了多少次。跟愛夢昨天提到的小修之所以疏遠，也是在幼稚園舉行的運動會上，小修嘲笑了父親外表的緣故。把母親想成貪圖父親財產的人，跑來問葉介「你爸開鎖行這麼賺喔？」的人從來就沒少過。不光是年齡相近的同學如此，連他們的家長也會對葉介開這種玩笑，真的很悲哀。葉介因此理解，在別人眼裡年齡差距太大的夫妻就是「不正常」。

「所以，不管做什麼我都認為正常最好，即使再無聊也沒關係。」

「正常……」

圓再度複誦了一次。這次語尾沒有上揚，只是喃喃自語。

葉介覺得有點不自在，視線落在書本上。一直以來，他都秉持著「正常最好」的信念而活。與其標新立異惹人矚目，不如當個平凡的正常人還比較輕鬆。即使隱約察覺這個信念未免有些盲目，甚至扭曲，揹著大行囊小心翼翼不超出界線往前走的辛苦和痛苦，仍常伴葉介左右。幼年經驗帶來的不悅與恐懼，使他害怕承受世人對「不正常的人」投射的視線，沒有勇氣踏出界線去看看其他風景。

「除了剛剛在餐廳說的那一句之外，有其他令你印象深刻的段落嗎？」

圓忽然提出問題，葉介的反應慢了半拍，沒想太多就老實翻開了最在意的頁面，想找的那段文字映入眼簾。

「**『我簡直就像自己變成了武似的，覺得妳好可愛。可是，一旦女孩之間懷有這種情感，我便成了無可否認的罪人』**。」

念出來之後，葉介才懊悔爲什麼要選這一段。文中使用的「罪人」這個詞彙，使他益發坐立難安。爲了掩飾這樣的心情，葉介用更輕佻的語氣說：

「看吧，偏離正常狀態而扭曲的戀愛情感，就會讓她產生這種想法。」

「說不定咲子是眞心的啊。」

「不可能。」

圓頓時睜大了眼睛，葉介才發現自己說話有多大聲。顧不了那麼多，他拚命翻頁，想找尋咲子只想談**正常**戀愛的證據。

「妳看，比方說這邊。發現咲子想撮合自己和靜子，武表達了不滿並向咲子求婚。此時，咲子是這樣回應的，『**我喜歡你，喜歡到害怕跟你結婚，和你在一起很安心，甚至覺得不用結婚也沒關係**』。隨著撮合靜子和武的次數愈多，咲子愈難一個人去見武，可見咲子喜歡的絕對是武啊，正常來說的話……」

對武宣稱**「與其跟你結婚，我寧可跟更討厭的人結婚」**，按照計畫撮合兩人的咲子，卻在看到那兩人共組家庭，建立起夫妻之間的牽絆——尤其是看到靜子成為一個賢妻良母時，大受打擊。難道是因為她堅信即使三人當中的兩人談了戀愛後，還能保持三人以朋友相處時的平衡嗎？明明一切都出於自己的安排，卻又因寂寞而哭泣，這是多麼膚淺又愚昧的**「女兒心」**？比起心疼，葉介更覺得火大。

「咲子的心情我完全無法理解。所謂的女人心就是這樣的嗎？這正常嗎？」

才剛講完這種話就記起自己眼前坐著的也是女人，葉介不由得暗自嘀咕「這下麻煩了」。然而，圓似乎不怎麼介意，淡然回答：

「我不知道，世上有多少人就有多少種『正常』啊。」

這話聽得葉介心頭一驚。瞥了葉介一眼，圓繼續道：

「真要說的話，這裡咲子的心情不也出自川端康成這個男性作家之手嗎？」

「啊！」

「或許對作家來說，揣摩異性心理不是什麼難事。但我是這樣想的，正因川端先生知道男人心和女人心其實沒什麼差別，所以他才寫得出女人心吧。」

「真的沒有差別嗎？」

「至少應該有共通之處。舉例來說，連自己都不明白自己的心意，這種麻煩事不光是女性，在男性身上也會發生。」

圓這麼說著，單手拿起咖啡杯啜飲一口，櫻粉色的指甲剪得整齊。而後，她再次開口：

「咲子非常喜歡靜子，希望能與她維持女校時期摯友的親密關係，想跟她永遠在一起。可是，一旦跟武結婚，與靜子的關係可能因此生變，於是咲子親手消滅了這個選項。另一方面，萬一靜子畢業後走上屬於自己的人生道路，很可能會和咲子疏遠，爲了避免這一點，咲子才會撮合她和近在自己身邊的武──我是這樣解釋的。」

「按照妳的解釋，不就表示咲子的確懷有她自己形容爲『**罪人**』的那種情感了嗎？那有點太──」

「不正常，是嗎？」

──社會上的價值觀或常識，也是隨著時代不斷改變的。葉介所謂的「不正常」，現在大家說不定都覺得「很正常」了。

愛夢說的話浮現腦海，葉介微微顫抖。

「正常……」

這麼說著，葉介的聲音更是微弱得像是蚊子叫。圓望著這樣的葉介。爲了逃避她的視線，葉介盯著咖啡杯底部剩下的一圈黑色咖啡。不管甩了幾次頭，都甩不掉他在和圓的對話中察覺，且愈來愈接近確信的事實。

「老闆娘，妳是不是躲在哪裡偷看了我們三人至今共度的日子？」

圓微微歪頭，吃一口萩餅。每咀嚼一次，從纖細的下巴到耳朵那條輪廓線就清楚浮現。

「我就是咲子。」

葉介不假思索脫口而出的這句話，驚人地貼近現實。

「我喜歡雄高，想一直待在他身邊，當他最好的朋友——可是我們就讀的學校和找的工作都不一樣，硬是要在一起不太正常吧？別人就算了，要是連雄高都覺得噁心的話，我眞的會一蹶不振。所以我原本打算保持適度的距離，然而，終究還是做不到。沒有人能取代雄高在我心中的地位……」

偶然的重逢使愛夢加入兩人時，葉介由衷感到開心。出社會之後，私人時間瞬間減少許多，雄高也不再把這些時間全部留給葉介。但愛夢加入後，只要是三人的聚會，雄高一定欣然參加。原因爲何，從不久之後雄高與愛夢開始交往這一點就可明白。葉介沒想到的是，即使那兩人成爲情侶，三人一起玩的機會依然很多。聽說是愛夢強烈要求的。託她的福，葉介得以忘記一對正常戀愛中的男女接下來會做什麼，過著彷彿緩刑的每一天，直到今日。

「如果雄高求婚成功，他們兩人就會成爲夫妻。接下來無論想法或玩樂的方式都會改變吧。這麼一來，三人的交友形式自然也會跟著改變。所以，我現在正是『**與其說我是因被留下而感到寂寞，不如說是為不知何去何從而悲傷**』的咲子。」

葉介誠實吐露自己的心意，又加強語氣說：

「不分男女，也有人對同性懷抱這樣的心情，這我當然知道，也明白現在的社會正逐漸認同這麼做的自由。只是，無論風氣如何，這樣的人仍屬少數。考慮到這一點，我就是無法視之爲正常，害怕周遭的人認爲我不正常。所以……我一直盡可能不去正視自己的這份情感。」

一口氣向圓發洩怨言之後，葉介陷入反省。圓只是靜靜微笑，伸手去拿桌上的書。她凝視封面，表情不變。不知是否察覺葉介毫無顧忌的視線，圓拉攏黃綠色和服下襬，盯著正面的書架說：

「這本書和永瀨先生散發的——是永遠的味道。」

「永遠……」

「對，希望永遠以相同的形式，維持與最喜歡的朋友之間的親近關係。是一種嚮往，也是強烈的渴望。」

葉介的視線從圓身上轉移到書上時，圓再次開口：

「標題旁邊那行副標『咲子手記』，還有，以『將咲子寫給靜子的信，透過靜子遠房親戚的叔叔公開』這種形式寫成的小說，正如永瀨先生所說，有點夾纏不清。在我的想像中，寫下這篇小說的作者川端先生或許擁有同樣的嚮往與渴望。」

我自己也有這種經驗。若無其事地補上這一句，圓露出雲淡風輕的笑。

「人類是會改變的生物，正因如此，沒人不希望擁有那種永遠吧？」

「是這樣嗎？正常來說——」

「我的正常和永瀨先生的正常，一定也不一樣吧？」

儘管說得斬釘截鐵，圓的話裡充滿了溫暖。葉介凝視著圓，啞聲重複剛才從她口中聽過的話。

「有多少人就有多少種『正常』。」

「就是這樣。」

圓用力點頭時，玄關傳來拉門拉開的聲響。接著，一男一女的聲音也擠了進來。

葉介彈跳似地起身，身體比思考動得更快。他覺得尷尬，轉頭往圓望去，她也端著托盤站起來。簡直就像算準這一刻，她連牛奶瓶和方糖罐都收好了。

「走吧，得去迎接他們兩人才行。」

圓冷靜的聲音從背後推了一把，葉介走向大廳櫃檯。

*

站在櫃檯前的雄高，表情是難以形容的複雜。相較之下，愛夢則是一副神清氣爽的表情，一看到葉介就揮手說「我們回來了」。

——求婚的回覆是Yes？還是No？到底是哪個？

葉介滿心疑惑地站在兩人面前，不知該對他們說些什麼才好，嘴裡囁囁嚅嚅著。愛夢比了個「YA」的手勢，自己說了起來：

「我要跟雄高去美國。」

葉介不曉得自己臉上掛著什麼表情。即使如此，他仍從愛夢的眼神及昨天那番禪問答般的對話中明白，早在很久以前，愛夢就比葉介自己更清楚他的「女兒心」了。

所以，葉介確認自己好好揚起嘴角後，笑著說：

「這麼說來，求婚成功嘍？恭喜啊，雄高，幹得好。」

「恭喜得太早了，我們沒有要結婚。至少現在還沒。」

啊？葉介愣愣張開嘴巴，雄高粗魯地將手靠在他的肩膀上說：

「就是這樣，愛夢只會以女朋友的身分跟我去。」

「由於害我失去書店店員的工作，爲了負責決定要結婚，這是活在哪個時代的人做的事啊？眞要說的話，我能實現夢想，獲得前往美國生活的機會，反而該感謝雄高。他根本不必負什麼責任。」

「機票和在那邊的生活費會自己出，到了那邊也會自己找工作，對吧？」

雄高補充說明，愛夢一派輕鬆地點頭回答「對」。

「所以暫時繼續維持這樣的關係，請多多指教嘍。」

愛夢朝雄高低下頭，雄高也點點頭，一副無奈的模樣說「好啦、好啦」。那擱在葉介肩頭的手臂肌肉結實沉重。

「雄高可以接受嗎？」

葉介這麼問，雄高搔搔頭。

「愛夢問『眞的想跟我結婚嗎？光是待在身邊不行嗎？』，我答不出來，也想再思考一下兩人的關係與愛夢的事。所以，在這層意義上，依照愛夢的想法去做也好。」

見葉介呆站著不說話，愛夢笑著說：

「葉介，你來美國玩嘛。今後也三個人一起玩。」

葉介望著愛夢，感受到愛夢堅持「無論旁人認爲這段關係有多奇異，我就是認爲這很『正常』，也想這樣活下去」的意志。這轉瞬即逝的意念，或許正是愛夢的「女兒心」。

葉介點點頭，盡力給出「沒有騙人」的回答：

「嗯，能去的話我就去。」

跟圓拿了鑰匙，雄高和愛夢回房收行李，櫃檯旁邊只剩葉介和圓。日頭已升得很高，陽光從面朝庭園的大廳窗戶照射進來，在地毯上勾勒出白色的光。

「啊，那本書。《女兒心》，還放在文庫的桌上。」

在櫃檯裡準備結帳的圓，制止了急忙想回去收拾的葉介。

「不要緊，各位辦理退房後，我再去把書放回書架就好。」

葉介老實地點頭道謝，盯著圓頭頂的髮旋又問：

「我什麼時候也能對自己的『正常』擁有自信呢？」

圓抬頭望向葉介，眼裡只有彷彿夜晚湖面般的平靜。不做不負責任的回應，或許是她的堅持。葉介感到不好意思，說了聲「那我也去拿行李」。正要回房時，他聽見圓不高不低的聲音：

「永瀨先生，請務必再來凧屋，不是三個人一起也沒關係。」

葉介忍不住回頭。站在櫃檯裡，雙手併攏在身前、深深低頭鞠躬的圓，看起來就像個認同所有人的「正常」，祈求眾人幸福的神職者。

第二冊

穿過那家旅館的大門時，她聽見樹鶯的鳴叫聲。

渾然沒有察覺想找尋聲音來源的妻子則子停下了腳步，丈夫兀自拉著行李箱往前走。等他走到玄關，要是發現則子沒有跟上來，一定會肆無忌憚地大聲呼喊則子的名字吧。一想到這裡，則子放棄找尋樹鶯，快步跟上。

聽丈夫說這家旅館只有四間客房，到了一看，果然建築物本身不大，頂多只能說是比較大的老宅。掛著寫有屋號「凧屋」門簾的玄關也給人小巧玲瓏的感覺。

「這裡簡直就像傳統民間故事中住著山姥的那種旅店。」

伸手推了推眼鏡，丈夫也不壓低聲音就這麼說。要是旅館的人聽見，一定會很不開心吧。則子決定當成耳邊風。

丈夫似乎沒注意到，從大門到玄關的石板路上仔細地灑了水，遠遠望去也能看出庭園的植物都經過適度修剪。光看建築的牆壁與土籬的油漆也能確定，這棟房子一直都有進行適當的修理和補強。

則子不由得對這小小的旅館抱持好感。將拉門橫向滑開，只見一名身穿淺粉紅色和服、頭髮紮起的年輕女性端坐在玄關高起的地板上迎接。

「蘆原先生、蘆原太太，歡迎來到凧屋旅館。我是這裡的小老闆娘，名叫丹家圓。」

她的聲音沉穩，不高也不低。鞠躬後抬起來的那張臉，和旅館同樣小巧工整，額頭形狀很漂亮，黑色瞳仁面積特別大的雙眼令人印象深刻。

「哎呀，這裡好安靜，眞是個不錯的地方。」

看到年輕老闆娘有禮地出來迎接，大概也在反省自己剛才不該說那麼輕浮的話吧，丈夫一邊朝櫃檯走，一邊主動讚美。

「聽說以前這一帶有很多文豪的別墅？」

「是啊，作家們似乎常來這邊避暑或安養。我曾祖父小時候，曾和散步中的芥川先生說過話。」

「芥川龍之介嗎？那可眞厲害。」自稱前文學青年的丈夫表現得興致勃勃。

「這麼說來，這家旅館的文庫收藏的，都是有地緣關係的作家著作嗎？」

「不，倒不是這樣。從藏書印來看，那些書原本應該屬於一位海老澤先生。不知是什麼緣由，把整批書讓給了我的曾祖父。事到如今，沒人知道當時的詳情了。」

「哦，原來是常客寄贈的書嗎？」

圓輕輕點頭，走進櫃檯，拿出旅客登記簿。

「蘆原先生，您知道我們旅館的文庫啊？」

「高中時代和我一起參加文學社團的朋友告訴我的，說這裡是只有知道的人才知道的冷門旅館。」

丈夫似乎把「冷門」當成單純讚美的詞彙，一邊說自己「一直很想來」，一邊在登記簿上簽名。

想起當初丈夫說「找到適合則子靜養的旅館」，還罕見地主動安排好住宿和交通，則子不禁苦笑。

——原來是他自己想來這家旅館啊。

不經意地抬起視線，正好和站在櫃檯裡微笑的圓對個正著，則子把自己臉上的苦笑換成親切的微笑。又聽見樹鶯的鳴叫聲了。就在這時，圓睜著那雙黑亮眼瞳，對則子說：

「樹鶯經常停在庭園裡，面向海邊從右邊數來第三棵的松樹上。」

「咦！」

則子驚訝地掩住嘴巴，圓將一把繫著紅色流蘇的鑰匙交給她：

「蘆原先生和蘆原太太的房間，是一樓的『朱房』」。

「啊……好的。」

則子感受著掌心鑰匙的重量，望著這位難以捉摸的小老闆娘出神。

圓兀自提起裝了兩人份行李的行李箱，像是毫不費勁，帶領兩人前往「朱房」。等圓離開，剩下夫妻倆獨處後，丈夫隨即觀察起房內寬敞的廊台、凹間和氣派的和室。他一邊巡視一邊說：

「那個老闆娘眞年輕。」

「她說自己是小老闆娘，老闆娘另有其人吧。」

「她應該比我們的女兒年紀小。」

根本沒聽則子說了什麼，丈夫總是只說自己想說的話。「我們的女兒」今年二十七歲，大學畢業在關西的建設公司找到工作就從家裡搬出去了，逍遙自在地過著一個人的生活。

「比我們的女兒可靠一百倍呢。」又多嘴說了這句被女兒聽見一定會不高興的話，丈夫才停止檢查房間。碰也不碰桌上準備好的甜點小饅頭和熱茶，說著「難得來這裡，首先要去泡溫泉」，慌忙換上浴衣就跑到大浴場去了。

那位小老闆娘說今天沒有其他旅客，兩人來這裡也沒有預定任何觀光行程，何不先在房裡休息一下？儘管則子這麼想，只要自己提出一句意見，丈夫就會用三倍的話來強調他說得更正確。所以，則子只是默默目送丈夫走出房門。

爲了讓丈夫泡完溫泉回來能馬上喝，則子先把在車站前酒鋪買的罐裝啤酒放進迷你冰箱，再用快煮壺燒了熱水。一口大小的甜點小饅頭看似美味，但兩種口味分別只有一個，只好留著讓丈夫先選。做到這個地步，泡完溫泉回來的丈夫總該能夠保持好心情了吧。無事可做的則子被叫個不停的樹鶯吸引，朝庭園走去。

凧屋旅館的庭園打造得相當工整，應該有請專門的園藝業者照顧。腳下一片青草地，園裡種植了松樹、櫻樹、梅樹、楓樹等令人感受到四季的各種樹木。中央有座小池塘，裡面游著鯉魚、青鱂魚和烏龜，角落的花壇看上去像是手工砌成。鬱金香、歐洲銀蓮花、小蒼蘭、野罌粟等各種春天的花，色彩繽紛，搖曳其中。

按照圓說的，則子找尋面海、從右方數來的第三棵松樹。停在枝頭上的渾圓小鳥有著綠中帶褐色的羽毛。這眞的是樹鶯嗎？彷彿在回答則子的疑問，鳥兒發出高亢的叫聲後，展翅飛走了。

「原來樹鶯是這種顏色的鳥啊。」則子才剛這麼自言自語，背後就傳來話聲：

「雖然認得出樹鶯的鳴叫聲，但大部分的人都沒親眼見過樹鶯的樣子。」

圓歪著頭站在那裡。陽光下，看得出她身上那襲淺粉紅色和服閃著高級的光澤。圓的肌膚白皙，充滿澎潤的彈性。

則子倉促地別開視線，小聲嘀咕：

「我以爲樹鶯的顏色是更鮮豔的綠色。」

「大概是跟綠繡眼搞混了吧。綠繡眼就是跟鶯餡（註）一樣顏色的那種鳥。」

聽到「鶯餡」的瞬間，則子腦中立刻浮現那種鳥的樣子。眼睛周圍有一圈白線，難怪叫「繡眼」。

眼角餘光瞥見一輛小型箱形車開進旅館的停車場。是臨時入住的旅客嗎？則子下意識地以視線追著那輛車。然而，像是要遮住她的視線，圓忽然出現在她的眼前。

「那麼，請慢慢欣賞。」

說完，圓快步走出庭園。

則子愣愣地目送圓離開，她似乎直接去了停車場。則子好奇地移動到看得見停車場的地方。除了圓，停車場內還有一位身材高瘦的老紳士。

箱形車的後車門打開，穿著圍裙、看似看護的工作人員跑過來，放上斜坡板，方便一位坐在輪椅上的老婦人下車。老婦人蜷曲著本就嬌小的身體坐在輪椅上。銀髮短鮑伯頭的髮絲在日光下熠熠生輝。

圓細心地向工作人員鞠躬致意，又和老婦人說了幾句話。從則子站的地方聽不見她們的聲音。由於被圓擋住，也看不到老婦人的反應。過了一會，老紳士推輪椅，圓跟在旁邊，三人一起離開了。看來圓的親人當中，有一位需要日常照顧的長者。

對於自己偷窺的舉動，則子忽然感到羞恥，逃也似地回到自己房間。

註：日式點心中，以毛豆泥加糖或蜂蜜製成的內餡。

*

這座小鎮近海，送到客房的晚餐也使用了很多海鮮。

涮涮鍋的鍋底加了新摘洋蔥（註）磨成的泥，涮的是鯛魚片。則子拿手機爲美食拍照，一邊品嘗一邊想找出有沒有什麼隱藏調味，在家煮飯時就能偷學了。這時，丈夫問：

「新摘洋蔥眞美味，妳愛吃這個對吧？」

則子點頭說「是啊」，把手機放在一旁。其實則子並沒有特別愛吃新摘洋蔥。只是，餐桌上如果有這個，丈夫就會心情好。換句話說，這是他愛吃的東西。

則子心想，我愛吃的東西是什麼呢？原本就沒什麼特別喜歡或討厭的食物，加上結婚後煮飯會配合家人的喜好和要求，或以營養爲優先，事到如今一下子竟想不出自己到底喜歡吃什麼了。

「幸好只是良性息肉。好啦，慶祝妳平安痊癒，來乾杯吧。」

丈夫舉杯慶賀，則子才回過神來。還沒拿起杯子，丈夫就擅自倒入啤酒，用自己的杯子跟則子輕輕碰杯。將啤酒一飲而盡，那張臉已脹得通紅，呼吸變得急促，眼鏡起霧。他平常不是一杯啤酒就會醉的人，大概是剛泡過溫泉的關係吧。想著這些事，則子只用嘴唇沾了一下啤酒杯。不管活到幾歲，她都無法適應啤酒的苦味。很顯然地，啤酒不是自己喜歡的食物。

「結果你泡了幾次溫泉？」

「一到這裡就去了一次嘛，則子妳睡午覺的時候我又去了一次。晚餐前跟妳再去一次，總共三次。」

丈夫也不把起霧的眼鏡擦乾淨，洋洋得意地舉起三根手指，笑說「回本了」。

「睡前我再去泡一次好了。或者，躺在被窩裡讀剛才從文庫借來的書，就這樣睡著也不錯……」

丈夫滿面紅光，陷入幸福的抉擇。他本來就是爲了這裡的文庫而來，也早就去了一趟，現在凹間裡正放著借來的一本小小的舊書。

見則子望向凹間，丈夫順勢又說：

「是泉鏡花的《湯島詣》，這裡居然有春陽堂文庫的版本。」

「是喔。」

「妳該不會……連泉鏡花都不認識吧？」

註：春天剛採下便上市的新鮮洋蔥。

「名字聽過，不過，作品沒有看過。」

則子老實回答，丈夫忽然一臉掃興，只給自己倒了第二杯啤酒。

吃過飯後，丈夫原訂的兩個計畫都沒有實現。

喝完第二杯啤酒不到三十分鐘，他就嚷嚷著「好冷」，身體抖個不停。則子一個人收拾了兩人份的碗盤，整理好垃圾，把沉重的桌子推到房間角落，在空出的地板上鋪好被褥。

丈夫堅持不用叫救護車。當則子用手機查附近有沒有夜間急診的醫院時，準備收拾餐具和鋪床的圓正好來了。

快速看了一眼被推到房間角落的桌子和上面整理好的餐具，以及躺在房間中央蓋著兩條棉被仍不斷發抖的丈夫後，圓說「請稍等」又走出了房間。不到三分鐘，她帶著凝膠退熱貼回來。

「請先把這個貼在您丈夫的腋下和額頭。」

則子按照圓說的，爲丈夫貼上退熱貼。身後的圓接著又說：

「我再去拿冰枕過來，主屋那邊應該有。」

「謝謝妳。」

聽到則子緊張的道謝聲，圓伸手放在則子的肩膀上。

「我們旅館有固定配合的醫師，是鎮上醫術高明的醫師，我馬上請他來看診。如果想要徵詢其他醫師的意見，明天一早也可以送您丈夫到離這裡最近的市民醫院。」

「不用這麼——」

則子原本想說「不用這麼麻煩」，趕緊把話吞回去。即使以母親的身分在孩子學校或地方上參加社群活動十幾年，與生俱來的怕生性格，令則子至今仍不擅長與人往來。只要受到親切對待，她就會忍不住緊張起來。

然而，圓放在肩上的手傳遞著微微的溫暖，則子緊繃的肩膀逐漸放鬆，因膽怯而顯得冷漠的態度也爲之融化。

「非常感謝妳。」

則子勉強擠出聲音，尷尬地道謝，圓微微一笑。

醫師立刻趕來，只花五分鐘就結束了看診。醫師當場診斷「應該是感冒」，還說約莫是泡太多次溫泉的關係。丈夫露出摻雜放心與不滿的表情，但連反駁的力氣都沒有。服用退燒劑後，如醫生所說他很快就睡著，流了大量的汗。凌晨醒來一次，換上圓幫忙準備的旅館睡衣，他又再次睡著。

總覺得丈夫夢囈與打呼聲比平常更擾人，則子整晚都半睡半醒，在睡眠不足中六點起床。摸摸丈夫的額頭，確定沒有發燒後，她輕手輕腳地換了衣服，獨自走向大浴場。因爲昨晚本來打算睡前再去泡一次溫泉，晚飯前泡溫泉時她沒有洗頭髮。

用「大、中、小」來區分的話，凧屋旅館的大浴場應該算是中偏小。白色蒸氣氤氳，則子淋過水的腳在乾透的石子地上留下點點足跡。沐浴區打掃得很乾淨，洗澡椅和小水盆也都翻過來晾乾了。整個空間裡沒有其他人的氣息，只有水滴聲迴盪。

則子緩緩深呼吸，往鏡前移動。一個人使用兩人份的沐浴區，可以盡情伸展手腳，身心一陣舒暢。頭髮洗了兩次。原本因爲丈夫喜歡長髮，則子生產後一直維持長髮，十五年前卻又因他一句「頭髮一長，白髮就特別醒目」，剪成了小學畢業後就沒剪過的短鮑伯髮型。從那之後，則子的頭髮再也沒有長過肩膀。這種長度洗髮、吹髮都相當輕鬆，儘管她想剪得更短，可惜缺乏勇氣。

最後則子泡在浴池裡，一邊享受天然溫泉，一邊盯著牆上畫的富士山發呆。這大浴場的牆外，還有一座小型露天溫泉池。約莫是應旅客要求，後來加蓋的吧。露天溫泉和眼前遼闊的大海彷彿連成了一片，昨晚丈夫還沒感到不舒服時，曾提到在露天溫泉可欣賞到這樣的美景。則子也同意，但沒打算去泡露天溫泉。摸著下腹部的手術疤痕，她大大吐出一口氣，閉上眼睛。

則子從大浴場回來不到二十分鐘，丈夫就醒了。燒已退得差不多，神情看起來也舒服多了。

原本早餐應該去餐廳吃，在圓周到的安排下，早餐直接送來房內。不僅如此，丈夫那一份的白飯還換成了白粥。

則子爲圓的貼心道謝，接過餐盤。拿到丈夫枕邊，他急忙戴上眼鏡起身。

「我可以自己吃。」說著，他拿起木湯匙。

「那就太好了。」

則子還來不及說什麼，圓就先拍手這麼說，並親切提議：

「今天請您躺著靜養吧。幸好今天沒有其他預約的旅客，不用依照表定退房時間退房也沒關係。」

「可是……」

「要是病情反覆，感冒往往會拖很久才能痊癒。傍晚再量一次體溫，到時沒發燒的話就可以放心了。在那之後再辦理退房就好。」

語氣固然溫和，圓的態度是一步也不肯退讓。感覺像是被女兒教訓了，丈夫別開視線，搔搔早已稀疏的髮際。

「這樣到底是要讓則子來靜養還是我來養病都搞不清楚了。」

「靜養？」圓歪著頭問。

「我太太三個月前動了卵巢囊腫的手術，幸好是良性，這趟旅行也算是慶祝她順利康復。」

丈夫一邊把粥吹涼一邊這麼解釋，更不忘吹噓自己安排了整趟行程的事。

圓聽了之後點點頭，轉向則子說：

「那麼，也請則子女士今天一天好好慰勞一下自己吧。」

「慰勞……」

則子不知所措地低喃，圓又點頭說：

「雖然我們鎮上觀光景點不多，您要不要悠閒地去散散步呢？旅館裡有包括我在內的工作人員在，您丈夫就交給我們照顧吧。」

發出意外驚呼的是丈夫。

「欸，散步不是更累嗎？一個人出去也很無趣吧？」

聽著丈夫對圓說「這傢伙一個人連在外面吃飯都不會」，則子漸漸搞不清楚自己到底想不想去散步。

——我還是在房裡休息好了。

正當她想開口這麼說時，圓像解除催眠術般拍了一下手。

「那麼，請務必享受一下第一次的單人午餐。雖然店都不新，但我們鎮上有許多美味的咖啡廳，待起來也很舒適，不少女性客人都是自己一個人去用餐。如果不喜歡在店裡吃，可以外帶熱狗堡或拿波里義大利麵，坐在海邊享用。只要小心別被鳶鳥叼走，待在海邊也十分愜意。」

「喔……」

「來吧，則子女士，請選擇自己喜歡的方式度過今天。這趟旅行的目的，本來就是爲了讓您安養身體嘛。」

這句話當場扭轉氣氛，決定了事情的發展。則子不看丈夫的眼睛，低下頭說：

「那我就出去走走好了。」

做好外出準備，則子走到櫃檯想先跟圓打聲招呼，可是等了老半天也沒看到她出來。環顧四周，隱約瞥見大廳後方閃過紮起頭髮的白皙後頸，則子毫不猶豫地走過去。

穿過大廳，走下一道短短的階梯，半地下樓層於眼前開展。則子根本沒仔細查看館內導覽圖，實際走下來後，看到大型書架才發現這裡就是旅館的文庫。

正對階梯的地上擺著大大的玻璃花瓶，圓正往裡面插上黃色的花。

「老闆娘。」

則子這麼一喊，圓轉頭過來，鼻尖微微朝上，揚起嘴角微笑。受到那自然的笑容和新鮮水潤的花朵感染，原本表情緊繃的則子也露出微笑。

「昨晚我丈夫承蒙您各種照顧……」

不知該先道歉還是道謝，則子正在猶豫時，圓開口：

「這件風衣眞美，好適合您。」

「咦？啊，喔，謝謝。」

則子慌張地低下頭，心想：旅館老闆娘眞是令人尊敬的行業，還是說，得先具備這種自然就能給人帶來好心情的特質，才有辦法當個稱職的老闆娘？不管怎麼說，再繼續被稱讚下去太不好意思了，於是則子主動開啓話題：

「好漂亮的小蒼蘭。」

自己都覺得這話說得空泛，有點尷尬。聽起來徒有表面，沒有眞心，早知道就不說了。出於好意稱讚對方，反而惹得對方不高興，這種事發生過好幾次。「媽媽，妳有社交障礙啊。」則子想起女兒上高中時這麼對自己說過，比起憤怒或悲哀，當下第一個反應竟是感到恍然大悟，覺得沒有比這更適合用來形容自己的詞彙。

圓彷彿一點也不在意則子僵硬的語氣，一臉興奮地說：

「則子女士，您對花的種類很熟悉嗎？」

「也不能說熟悉……是工作所需。」

則子告訴圓，自己在花店打了將近二十年的工。面對圓那張表情豐富、有雙漆黑大眼的臉龐，就連不善言詞的則子也滔滔不絕起來。幾乎是初次見面的對象，則子竟吐露這麼多私人的事，這種經驗還是第一次。

「生病之後，休息了將近五個月，能不能回去上班還很難說。」

則子下意識嘆了口氣。五十七歲又大病初癒，這樣的條件要從頭開始找工作，光用想的就很累。孩子雖然已離巢，即將六十歲的丈夫頂多只能再工作幾年。接下來的人生，自己要是不想辦法找到工作的話，實在不安。

察覺圓的視線，則子急忙低下頭。

「抱歉，打擾妳工作了。我現在準備外出，外子就再麻煩了。那麼——」

「啊，則子女士，請等一下。」

則子轉身就想逃走，圓叫住了她。則子回過頭，只見圓毫不遲疑地從靠牆的書架上取下一本書，跑過來說：

「請帶著這本書出去。」

「啊，我丈夫已從文庫借了他想看的書，就放在枕頭邊……」

圓搖頭說「不是的」。

「這是要讓則子女士您帶出去看的書。雖然可能會有點重。」

則子打量著圓遞出的那本書。那是一本裝在泛黃書盒裡的舊書，精裝書的大小，不能放進口袋隨身攜帶，也確實如圓所說，會有點重。最重要的是，則子從年輕時就不是習慣日常讀小說的人。

「看起來頗有歷史，這麼寶貴的書，我——」

「這書舊是眞的很舊，但翻閱時請不用介意。書本來就是要讓人讀的嘛。」

本想婉轉拒絕，圓卻不爲所動地堅持己見。沒有其他退路，只能讀了。就當是報答對方昨晚的恩情吧，這麼想著，則子下定決心接過書，念出書盒上的書名和作者名。

「《春天乘著馬車來》……橫光利一。」

「您讀過這本書嗎？」

「沒有。」

則子連「橫光利一」這個作者都沒聽過。或許學生時代在課堂上學過吧，但當時的記憶也很模糊了。腦中浮現丈夫那張掃興的臉，則子連忙解釋：

「抱歉，我不太懂小說，我丈夫也老是受不了我。」

「我也沒讀過喔。」

圓接下來的這句話，令則子發出錯愕的「啊？」，忍不住盯著眼前那形狀漂亮的額頭。圓微微紅著臉說：

「由於天生的體質，我無法看書，所以，如果則子女士看完這本《春天乘著馬車來》之後，能告訴我是什麼故事的話，那就太感謝了。」

「故事大綱之類的，現在只要上網就——」

「我不想聽連長相都不知道的匿名網友說，比較想聽客人親口描述。」

她大大方方地提出委託。但「天生體質無法看書」是怎麼回事？聽起來實在教人難以置信，但若眞是出於疾病的緣故，倒也不好問得太直接。則子勉爲其難地把書收進肩揹包。

「我明白了，散步時如果有時間就讀。」

「一定會有的。」

理所當然地拜託則子後，圓鞠躬說聲「路上小心」。明明繫著和服腰帶的腰是那麼纖細，這份膽識到底從何而來，則子感到相當好奇。

多了這本書的重量，肩揹包的帶子深深陷入她穿著風衣的肩膀。

*

自古以來的避暑勝地，如今似乎成了古色古香的高級住宅區。路上幾乎沒有行人往來，則子在種了許多松樹的小路上漫步，看著路旁占地遼闊的民宅和那些一眼就知道花了很多錢的建築設計，暗自讚嘆不已。

——也是有在這種地方過生活的人生呢。

則子想起自己住的那個距離這裡單程一個半小時的城鎮。附近雖然沒有山景也沒有海景，縣道兩旁開了幾家附有大片停車場的超市和購物中心，車站前有銀行、公所和醫院。寬闊的道路和店鋪內總是充滿看上去差不多的小家庭，從早到晚活力十足。當初是丈夫選擇了這個離他工作地點搭電車一小時，無須轉車，「應該很方便」的小鎮。

在這裡買下一幢小房子，養育孩子，生活至今，則子確實連一次都沒覺得不方便過。只是，也一次都沒對這地方產生情感。店家和居民頻繁更迭的這個城鎮，與其說是自己的地盤，感覺更像「借來的東西」。

買房子時借的三十五年房貸，在女兒大學畢業那年還清，現在則子正爲了即將來臨的老後生活孜孜矻矻存錢。

試著想像老後住在這海邊小鎮的情景，則子腦中卻無法順利浮現畫面。連打工都快失去的自己，哪有資格做那樣的想像，她很快就放棄了。

這些遠離人間煙火的住宅看久也膩了，則子決定去車站一帶逛逛。然而，或許正值初春的平日，又是上午這個非通勤通學的時段，車站前一點都不熱鬧。

眞要說的話，車站前的街區規模太小了。計程車招車處小得像玩具，沒有便利商店也沒有客運轉運站。大概因爲從車站延伸出去的都是彎曲狹窄的小路，大型巴士想開也開不進來吧。這或許也是住宅區如此閑靜的原因。

則子很快就離開了什麼都沒有的站前，選了小路中比較大條的走進去瞧瞧。路旁不少招牌，應該是一條商店街。明明上午十點多了，還看到許多拉下鐵門的店家。不知是公休還是沒有營業。則子繼續往前走，有幾家氣氛不錯的咖啡廳，但旅館豐盛的早餐仍在肚子裡，她沒打算走進咖啡廳吃東西。繼續這樣散步的話，馬上就要沒事做了。才剛這麼一想，她倏地停下腳步。

名符其實地與花四目交接。

則子後退一步，抬頭看那塊粗獷的木頭招牌。上面以毛筆字龍飛鳳舞地寫著「奧野園藝」。視線往下，一塊壓克力小招牌突出來，時髦的手寫字體顯示店名是「Flower Shop OKUNO」。

隔著玻璃櫥窗，裡面各種色彩鮮豔的花彷彿在對則子招手，她決定進店瞧瞧。

從裝潢來看，這裡毫無疑問是花店。利用架子和椅子巧妙引導顧客視線，將切花與盆栽裝飾得極美。觀葉植物的部分，從常見的橡膠樹、馬拉巴栗，到罕見的甜膠大戟、越橘葉蔓榕等都有，種類齊全。收銀台附近放著捧花和花束，一看就知道店主頗有品味，對植物懷著深厚的情感。

「歡迎光臨。」從店內走出一名體型宛如熊、留著絡腮鬍的男人。乍看之下無法確定他的年紀，不過從肌膚的光澤和圍裙底下的服裝看來，應該還很年輕。

「您是……店長嗎？」

則子忍不住問。對方實在和想像中的花店店長形象差太多，令她感到有點頭暈目眩。

「啊，是的。我是花店這邊的店長，名叫奧野慧。應該說，花店由我一個人打理。」

這麼說著，慧笑了笑，以豪邁得像熊的動作搔搔鬍子。

「『奧野園藝』則是由我父親擔任社長的公司。您今天來，是想買花還是洽詢園藝相關事宜呢？」

「買花。」

說不出「只是看看而已」，則子如此回答後，靈光一閃。

——對了，買束花送給旅館老闆娘，答謝她的照顧吧。

想起圓在文庫插花的樣子，則子說服自己，這個舉動應當不會造成圓的困擾。

「能麻煩店長幫我配一束春天的花嗎？我想當謝禮送人，不用太誇張。」

「可以啊，一束就好？」

店長這麼一問，則子腦海閃過丈夫的臉。她不假思索地比了個「二」的手勢，說「兩束」。

向店長描述贈花對象及花束想要的顏色和形式後，慧做出的春天花束是比則子預想中更可愛的作品，價格也比原先以爲的便宜許多。

「賣這麼便宜真的可以嗎？」結帳時則子忍不住問。慧一邊找錢，一邊爽朗地反問：

「不然這樣的花束，在客人您工作的店裡賣多少？」

「咦……」

「您是同行吧？指定花束時的描述清楚準確，我一聽就知道了。」

對方笑咪咪地說破，則子緊張起來。

「不好意思，眞的不是來探查什麼，我目前停職中……不，花店的工作差不多算離職了……」

慧歪著頭，則子不好意思冗長地說明自己現在的處境，低下頭道歉：

「總之，如果讓您感到不愉快，我很抱歉。可是，我眞的喜歡這束花，非常漂亮……

呃，謝謝。」

勉強把想傳達的話說完，則子逃也似地奔出店外。隱約聽見慧要她留步，她仍頭也不回地匆匆前進，同時等待劇烈的心跳平復。

「社交障礙辛苦嘍。」

則子試著說出不知什麼時候看到的網路流行語。這句話在年輕人之間早就不流行了吧。可是，正好適合用來形容則子現在的心情，是一句能讓人在陷入自我厭惡前，對自己一笑置之的魔法話語。

手上有了花束，則子不禁對映在櫥窗玻璃上的自己外表感到在意。在意自己看起來是否像個配得上無邪花束的人類。更別說雖然花束不大，今天手上可是拿著兩束花。則子收緊小腹，端正走路姿勢。

等紅燈的時候，則子順便觀察附近建築物的大窗戶。這時，某處傳來樹鶯的叫聲。城鎮上也會有樹鶯？正在東張西望時，她的後腦忽然被用力拍了一下。

「咦？」

則子急忙環顧四周，沒有看到其他人影。到底發生什麼事？正要伸手去摸後腦時，頭上的烏鴉叫了。她停下手，心底浮現不好的預感。

則子半蹲下來，湊近看著映在大玻璃窗上的自己。顧不得什麼花束，姿勢也無所謂了。一看到後腦的狀態她就知道發生了什麼事。大概是注意到則子絕望的表情，店內有個女人朝這邊看過來。這個與則子年齡相仿的女人睜大眼睛，對則子招手。

確認店招牌上寫著「MOMMY美容院」，則子踩著夢遊似的腳步，推開門走進去。掛在門上的鈴鐺發出牛鈴般的聲響。

「被烏鴉整慘了呢。」

先檢查則子的頭頂，看似美容院店主的女人一開口就是同情的話。不愧是爲顧客美感把關的設計師，即使化著時下流行的妝，身穿大紅色花邊裙，也不會讓人覺得「跟年齡不相稱」，感受得到她的自信。

「對……是烏鴉幹的好事。要是樹鶯也就算了。」

則子沮喪地隨口這麼說，設計師沒多問，指著店裡唯一的一張洗髮椅說「快來洗掉吧」。雖然感謝，則子仍拘謹地環顧店內。

兩面鏡子前放著兩張美容椅，目前都沒坐人。換句話說，就是沒有其他客人。從店的規模和眼前這種情況看來，這美容院應該只有店主一個設計師。店面像是以普通住宅的一樓改裝，復古的燈罩與燈泡、掛在屛風上的洗衣店衣架和貼了卡通人物貼紙的三層櫃，在散發著家庭中的生活感。

「不好意思，我會付洗髮的錢。」

用幾乎聽不見的音量這麼說了之後，則子垂頭喪氣地走向洗髮椅。設計師順手接過花束和肩揹包，放在架子上，再拿衣架掛起則子脫下的風衣。

「不過，幸好只命中頭髮，其他地方都沒弄髒。花束沒事，您的大衣和洋裝也都很乾淨，真是幸運。」

哪裡幸運？則子差點這麼反問。明明是來慶祝自己術後康復的旅行，居然被鳥糞砸到頭。帶著樂極生悲的陰暗表情，則子躺在洗髮椅上，閉起眼睛。設計師在她臉上覆蓋防噴水的紗布巾。

閉起眼睛，少了視覺之後，嗅覺變得更靈敏。在洗髮精、潤髮乳和髮膠釀成的美容院氣味中，則子深深呼吸。

「不好意思，打擾您工作。」

「下一個預約的客人傍晚才來，我正閒著沒事做呢。請別介意。」

隔著紗布巾，看不見設計師的臉。則子鼓起勇氣，把剛才想到的事情說出口。

「這樣的話……不曉得您有沒有時間幫我染頭髮？」

髮際長出密密的白髮，則子一直很介意。原本想在旅行前染一染，常去的美容院卻臨時預約不到時間。

「好啊，我這邊沒問題，不過染起來至少要兩小時，您時間ＯＫ嗎？」

則子連手錶都沒看就點頭。只洗髮就回去的話，大概正午過後就會抵達旅館。這樣太早了點。話雖如此，她對這城鎮既不熟悉，也沒有特別想去的地方。在陌生城鎮的美容院打發時間剛剛好。

自稱木綿子的設計師仔細檢視了則子的髮色，調起染髮劑。

「要不要染淺一點？」

木綿子這麼提議，則子不假思索地答應了。在家附近的美容院做了超過二十年頭髮，每次她都只說一句「跟平常一樣」，剩下的全交給設計師處理。來到陌生的美容院，感覺挺新鮮的。上次像這樣期待做完頭髮的成果，已是學生時代的事了。

「上完染髮劑了，要等一下喔。」

爲了防止染劑流下來，木綿子愼重地拿毛巾包住則子的頭髮，套上浴帽，最後才取下染成茶色的橡膠手套。她走向店內一角用來代替書櫃的三層櫃，挑選起雜誌。

「看服裝雜誌好嗎？還是您想看食譜書或美食雜誌？」

「啊……不好意思，肩揹包裡有一本我想讀的書。」

則子想起圓託付給自己的書，請木綿子幫忙從包包裡取出書和老花眼鏡。一拿起裝在泛黃書盒裡的那本書，木綿子偏頭「啊」了一聲。

「您該不會是凧屋旅館的客人吧？」

「是啊，這是從凧屋旅館的文庫借來的書。」

「我就知道，畢竟很少人會隨身攜帶這種舊書。」

木綿子爽朗地說「別看我這樣，其實很愛閱讀」。

「文庫的書只限住宿旅客借閱，但老闆娘的頭髮從以前就是我負責的，我說有想看的書，她就特別破例借我了。」

「這樣啊。我這本也是老闆娘說『可以在散步的時候看』，推薦我帶出來的。」

則子暗自補充「雖然我沒有特別想看」。木綿子表情怪怪的，則子以為自己不小心洩漏了心聲，結果好像不是。

「咦，您說的是今天的事嗎？老闆娘不是早就退休了嗎？」

「退休？」

總覺得兩人雞同鴨講。過了一會，木綿子恍然大悟般拍了一下手。

「客人，您說的『老闆娘』，應該是指小圓吧？」

「對……啊，這麼一提，她自我介紹是『小老闆娘』。」

「對啊，凧屋旅館名義上的老闆娘，現在依然是小圓的奶奶，三千子女士。」

說完，木綿子落寞地聳了聳肩。

「之前還常看到老闆悟先生推著三千子女士的輪椅，從前面這條路經過，最近三千子女士去日照中心的天數愈來愈多，已很少……悟先生一定很寂寞吧，他們夫妻感情那麼好。」

則子想起昨天從小箱形車上下來的那位坐輪椅的嬌小老婦人，以及和圓一起上前迎接她的老紳士。那一定就是三千子女士和悟先生了。

「夫妻感情那麼好……」

「是啊、是啊，他們的感情可眞是好。悟先生很愛三千子女士呢。」

改用輕鬆的語氣這麼回答，木綿子把《春天乘著馬車來》放在鏡子前，接著就走到屏風後面去了，大概是在主屋那邊休息吧。店內一下子安靜下來。

「夫妻感情那麼好。」

則子再次輕聲低喃，從書盒裡取出書，翻開封面。她戴上老花眼鏡，爲了回報圓的照顧，努力讀起細小的文字。

讀完與書名同名的短篇小說後，她拿下老花眼鏡，抬頭一看，木綿子正好走出來。仔細確認則子頭髮上色的程度後，木綿子拍手說：

「這樣就可以沖水了。」

則子點頭說「好的」，再次走向洗髮椅。木綿子放倒椅背，爲她蓋上紗布巾時，她「啊」了一聲。

「如果還有時間的話，想再麻煩您一件事。」

*

春日午後的陽光灑落在背上，則子回到凧屋旅館。穿過大門後，她不想直接走進玄關，於是踩著石板路繞進庭園。

她先找到面海的右邊數來第三棵松樹，但沒看到樹鶯。

以爲庭園裡沒人，花壇那邊卻突然有人站起來，則子嚇了一跳。對方似乎也沒想到會遇見則子，急忙行禮打招呼。看到他的臉，則子「啊」了一聲。是昨天和圓一起上前迎接輪椅老婦人的老紳士。他戴著一頂似乎使用多年的寬邊草帽，以及園藝手套，穿得十分隨性，不過笑起來眼睛彎得像弦月的臉很有氣質。

「您是這兩天住宿的蘆原太太吧？抱歉穿得這麼隨便，我叫丹家悟，是這家旅館的老闆。聽說您丈夫的身體已康復，眞是太好了。」

「啊，謝謝您。」

則子不知所措地低頭回應，瞥見花壇的一個角落。那裡種著相當稀有、她工作的花店始終沒能進貨的重瓣銀蓮花。

「是『安愛麗絲』……」

則子指著那暗粉紅色的花瓣低喃，悟稍稍睜大眼睛。她的視線落在則子懷中的兩束花上，又瞇起眼睛說：

「您對花的種類相當熟悉呢。」

「因爲我在花店打工很多年了。」

悟大大點頭說「這樣啊」，拿下草帽，撥了撥稀疏的頭髮。

「家父從事園藝，我是家裡的三男，從小就喜歡花花草草。哥哥除了繼承老家的園藝公司，還開始經營花店，我們旅館也頗受他們關照。這裡的安愛麗絲，就是從老家花店買盆栽回來分株種植……」

說到這裡，悟停下來，有點難爲情地指著則子的花束說：

「您去的『Flower Shop OKUNO』，其實就是我老家開的花店。現在的店長慧，是我哥哥的孫子。」

悟低下頭對則子說「感謝您的惠顧」，則子想起那體型宛如熊的絡腮鬍店長。他和眼前的悟無論身材或長相都不相似，但兩人都能與極爲怕生的則子交談，散發同樣圓融的氣質。悟的孫女——凧屋旅館小老闆娘圓，似乎也繼承了同樣的氣質。

「那麼，老闆您是跟老闆娘結婚後，才從事旅館業的嗎？」

「是的，我是入贅到冧屋。」

悟穩重地點頭。那雙弦月般的眼睛，望向幾乎是平靜無波的海面，大概想起很久以前的事了吧。快要失去花店工作、非找新工作不可的則子感同身受，同情地說：

「投入不熟悉的工作，不會很辛苦嗎？」

「當然有辛苦的地方，不過我不是一個人。和老闆娘兩人同心協力，再辛苦也不算什麼。」

拍掉鏟子上的泥土，悟這麼說。沉著的語氣背後，感受得到他對三千子強烈的愛。只要能和三千子一起生活下去，就算必須改變職業或入贅，他也能下定決心去做。木綿子說他們「夫妻感情那麼好」是眞的，則子現在也能理解了。

「老闆娘一定是一個很出色的人，雖然我還沒見過她。」

則子輕聲說著，悟依然彎著一雙弦月般的眼睛，卻語帶歉意：

「老闆娘她五年前得了失智症……現在的狀態實在無法接待客人。」

則子說不出話來。考慮到年齡，會罹患這種病也不奇怪。只是昨天窺見的老婦人側臉神情仍十分清明，不像是無法繼續服務客人的樣子。不過，站在家人的角度來看，和還健康硬朗時相比，她的狀態肯定已大爲不同。

「這樣啊……我什麼都不知道，眞是失禮了。」

則子好不容易才擠出話來，悟微笑著搖頭：

「請別這麼說，謝謝您。我會告訴老闆娘有客人想見她，她一定會很開心。」

悟再次望向大海，自言自語般接著說：

「老闆娘相當聰明，雖然身為獨生女的她一肩扛起繼承旅館的重擔，其實應該還有許多想做的事吧。如果她能認眞投入那些事，不管做什麼想必都會成功……」

人生短暫啊。悟輕輕一笑，又蹲進花壇，把鏟子往土裡一插，安愛麗絲暗粉紅色的花朵隨之晃動。

*

沒在櫃檯看見圓的身影，猶豫著是否該按下櫃檯上的服務鈴，則子東張西望，嗅覺比視覺先起了反應。

「好香的味道……」

輕柔的香氣與甘甜的味道，令則子的肚子大聲咕嚕起來。現下她才察覺自己在美容院待了太久，代價就是錯過單人午餐初體驗。

則子把兩束花放在櫃檯一隅，順著香味飄來的方向，抬高鼻子邊聞邊找。穿過大廳，下了通往文庫的階梯，在書架包圍的半地下樓層正中央，則子看見身穿和服的圓，與她的視線對個正著。

「歡迎回來。」

像是早就知道則子會來，圓不慌不忙地鞠躬寒暄，接著退到一旁，讓則子看矮桌上的東西。

桌上講究地擺放了兩套附帶茶碟的寬口茶杯、牛奶盅、小瓶方糖、剖成兩半的竹片上的濕毛巾，以及一只圓木盤。圓木盤上放著幾個表面散發金黃光澤的可頌三明治。

「您累了吧，要不要一起喝茶？」

「喝茶……」

「是啊，請跟我一起喝茶，聊聊書的內容。」

則子想起答應圓的事，隔著包包撫摸書盒硬硬的邊角，手還沒舉起來摸頭髮，圓就如同呼吸般自然地說：

「新的髮型和髮色都很適合您耶。」

淺栗子色的超短髮，是則子的一大冒險。獲得圓的讚美，則子鬆了一口氣。肩揹包的肩帶滑落，則子壓住包包，拿出書來，坦承道：

「讀了這本書後，不知怎地就想剪頭髮。」

「為什麼呢？」

這句話應該只是隨口答腔，則子卻忍不住望向圓。一對上那雙明亮的大眼睛，她內心的抽屜彷彿被用力拉開，那些以為自己塞在抽屜裡，早已遺忘的心情及話語就這麼迸了出來。

不知是否察覺了則子的困惑，圓率先坐上沙發，拿起一個可頌三明治。

「這是爺爺從他喜歡的麵包店買回來的。」

則子腦中浮現在庭園裡巧遇的悟，低頭說「感謝」。

「可頌三明治有兩種口味，蛋捲海苔和奶油紅豆。不介意的話，兩種請都嘗嘗看。」

在圓的邀請下，則子也坐上沙發。她拿起夾有黃色與黑色內餡的可頌三明治，柔軟的可頌一捏就扁了，麵包裡的奶油發出「噗啾」聲。

黃色的餡是鬆軟香甜的煎蛋捲，黑色的餡是刷過醬油的烤海苔，「蛋捲海苔」口味的三明治無論口味或分量，都大大滿足了忘記吃午餐的則子口腹。

專心吃完後，用溼手巾擦手，則子端起盛有淡橘紅色紅茶的茶杯。不加牛奶也不加糖，先直接喝一口。清爽的香氣從喉嚨湧上鼻腔，紅茶本身一點也不苦澀，口感滑順，瞬間中和了使用大量奶油製作的可頌與重口味的蛋捲海苔。

「真好喝，請問這是什麼紅茶？」

「這是初摘大吉嶺。摘下茶葉剛萌生的新芽製成，是春天的紅茶。因為口味平順，不喜歡太苦澀或太醇厚紅茶的人，都能直接飲用。」

圓又直率地說，適合搭配可頌三明治的紅茶是祖父選的，這些紅茶知識也是他傳授的。

悟一定也幫三千子買了可頌三明治，兩人一起品嘗了吧。則子完全可以想像這對夫妻感情融洽的模樣。她再喝一口不加糖奶的紅茶，靜靜放回茶杯後，拿起書。

「《春天乘著馬車來》講的是夫妻的故事。站在丈夫的角度，描繪罹患肺結核、來日不多的妻子，與照顧她的丈夫之間的緊密時光，還有……」

則子一下就講不出話，視線在文庫內游移，最後停在地面的大玻璃花瓶上。黃色小蒼蘭高雅地豎立其中。

即使失去生命，成為切花，依然能為人們或場所帶來溫暖的氣息——花具有這樣的力量。用員工價買下花店賣剩的花，回家裝飾在玄關或餐桌上的自己，或許是想借助花的力量活下去。這麼一想，則子的嘴巴擅自動了起來。

「生病的妻子說想吃內臟，丈夫就順從地到鎮上買鳥和魚的內臟給她吃。」

「好溫柔體貼喔。」

是吧？則子附和圓，低垂視線說：

「可是，等同於作家本人分身的丈夫，似乎太冷靜了。要是不保持冷靜，終究難以待在日日朝死亡邁進的妻子身旁。」

「比起溫柔體貼，他的冷靜更醒目嗎？」

「是的，就是這樣。對身體不斷衰弱的妻子來說，丈夫的理智十分礙事。所以，她總是對丈夫各種挑剔找碴。像這一段，他們的對話內容明明很悲慘，卻又帶有一種幽默感，讓人忍不住一直讀下去。」

「你這個人一天二十四小時腦中只有工作的事，不管我變成怎樣你都無所謂吧。」

「妳把我的工作當成了敵人。可是事實上，妳的敵人卻不斷在幫助妳。」

「我好寂寞。」

「『我和工作哪個比較重要』是跨越時代的廣泛論戰嗎？最近我的一對夫妻朋友才當著我的面為此吵了一架。」

圓一臉正經地這麼報告，看起來有點滑稽，則子忍不住說出眞心話。

「因爲還年輕，才有吵架的力氣。」

「咦？」

「我住院的時候……其實不是什麼有生命危險的病，住院也只住三天。但就算是這樣，我丈夫連跟公司請假都不肯，只在我動手術當天請了半天假。」

「則子女士沒問他嗎？『我和工作哪個比較重要』？」

「沒問啦。」則子原本要笑，表情卻忽然嚴肅起來，心想：我爲什麼不問？爲什麼我甚至不覺得火大？她硬是壓下內心的騷動，視線回到書上。

「隨著妻子的症狀變嚴重，兩人的對話愈來愈劍拔弩張。」

「人家這麼難受的時候，你這個人、你這個人竟在想別的事。」

「好了，安靜點，現在別大吼大叫啊。」

「你這麼冷靜，真可恨。」

「我慌亂得很。」

「還真敢說。」

妻子咳嗽不停，無法靠自己吐痰。丈夫用紙取出妻子的痰丟掉，又在妻子哭訴疼痛的時候，幫她摩挲胸口、腰部和腹部，直到她舒服爲止。即使被苦於疼痛的她「**當成盾牌打**」也不停止。

則子向圓說明故事中丈夫爲妻子獻身的行爲，想起即使妻子已認不得自己，仍肯定「老闆娘相當聰明」的悟，以及那憐愛的眼神。

「丈夫眞的很愛太太。」

聽見則子輕聲嘟噥，圓轉過頭來。然而，則子刻意不看她的眼睛，繼續說下去：

「不久，醫師宣告『**你太太不行了**』，丈夫陷入極度的絕望，也因照顧病人而疲憊不堪，小說在這裡進入最高潮。充滿色彩與寂靜的最後一幕太美了——簡直就像奇蹟，所以我……」

「下定決心剪短頭髮？」

拿起第二個可頌三明治，圓歪著頭這麼問。則子的肩膀一震，沒想到自己這麼輕易就被看穿。她伸手摸摸能直接感受到風吹過的後頸，喝一口紅茶。

「是啊……雖然是與小說內容完全無關的舉動就是了。」

然而，裝腔作勢笑著的只有則子一個人。圓一本正經地整理和服領口，慢慢開口：

「我認爲有關。則子女士讀了《春天乘著馬車來》後產生了某種情感，進而促使您做出剪頭髮的決定。」

「哪有這麼誇——」

則子想說「哪有這麼誇張」，卻被圓的話聲打斷。

「從零誕生的作品打動現實中人事物的例子經常可見。小說這種作品也具有同樣的力量吧？既然如此，當然可說是閱讀促成則子女士今天的舉動。」

絕對可以這麼說。圓的語氣肯定，以優美的姿勢拿起茶杯，又想起什麼似地問：

「小說中，則子女士印象最深刻的地方是哪裡？」

「印象嗎……因爲是以丈夫視角寫成的故事，將他的心情表現得很準確，通篇文字都直搗人心。要說印象最深刻的地方……」

看著圓擱在杯子上的漂亮手指，則子喃喃低語。連思考都不用，那段文字已附著在心底，揮之不去。

——兩人之間的門即將關上。

——然而，無論是她還是我，彼此都把能給予對方的東西給出去了，現在已沒有留下什麼。

覺悟到妻子生命即將結束，丈夫這麼想。妻子的言行舉止也轉變爲開始接受死亡。讀到這裡時，這對夫妻站在放棄與豁達之間的模樣，令則子感到震撼與羨慕，也默默心生絕望。原因連她自己也還想不通，只是此刻再次念出小說的內容，依然湧現相同的情感。

「夫妻任一方臨終時，能說出『把能給予對方的都給出去了』，這種關係眞令人羨慕……」

則子在自己能說明的範圍內傳達了感想，圓點點頭說「這樣啊」，像是對著書本說話般接著道：

「得先愛自己，不然無法把愛給予他人——這麼一想，這兩人的關係確實出於眞心，連我都覺得羨慕了。」

「眞心……」

則子低聲嘟囔，總算搞懂了。搞懂自己爲何感到絕望，也終於明白自己到底羨慕的是什麼。

「原來我一直弄錯了。」她啞聲這麼說，儘管望著圓，卻是透過圓的眼睛，凝視自己的內心。

「我原本以爲自己羨慕的是不管病成什麼模樣，做出多麼過分的舉動，依然持續爲丈夫所愛的妻子，其實不是的。我眞正羨慕的是深愛丈夫，抗拒死亡將自己帶離丈夫身邊，導致言行舉止失控的妻子。」

「羨慕的不是爲丈夫所愛的妻子，而是深愛丈夫的妻子……」

圓的結論簡短正確，則子緩緩點頭，窺看收藏在心底深處的那個眞正的自己。

「因為，我一點也不愛我丈夫。」

在醫院被告知「長了腫瘤，還不知道是良性或惡性」時，則子的心情非常平靜。如果是良性當然開心，就算是惡性也無所謂。她冷靜到連自己都難以置信，現在總算釐清原因了。

作為夫妻和丈夫共度的每一天，已令則子疲憊不堪。只要有「死亡」這個絕對無可違抗的理由，別說丈夫，與女兒之間的關係也能不起風波地和平斷絕，沒有比這更方便的藉口。面對連妻子生了大病都無關緊要的丈夫時，則子甚至生不起氣來。

「其實我早已隱約察覺自己並不愛丈夫，為他做牛做馬不是出於愛，只是得過且過的行為。可是，我一直裝成沒看見這樣的自己。應該說，多年夫妻下來，連我自己都認為那是理所當然。我說服自己，不管哪對夫妻，多少都會有互相不滿和放棄的地方，這樣的關係會持續到其中一方死去為止——我以為這就是所謂的『夫妻之情』。」

可是，如同審判前的宣誓，則子的手放在舊書上，決定說出毫無虛假的真心話。面對這位萍水相逢的旅館老闆娘，她似乎說得出口。

「問題就在於有沒有真心吧。我沒有付出真心，甚至連自己都不愛。我的心變得遲鈍無感，連自己是死是活都無所謂了。」

則子默默拉扯短髮，對丈夫感到過意不去。就算他是造成則子心靈遲鈍的原因，徒有表面的順從，其實則子內心根本瞧不起他，總覺得是這樣的自己遭到了報應。對女兒更是愧疚，養育她只是出於義務，既不快樂也沒有成就感。

「老闆娘說的沒錯，不愛自己的人無法對他人付出愛。我對不起家人。」

則子低垂視線懺悔，圓露出意外的神情，眨著眼睛說：

「則子女士，您是不是忘了最該道歉的人？」

「咦？」

「因爲您不眞心過生活而受傷最深的人，不是丈夫也不是孩子，正是則子女士您自己呀。」

則子無話可說，圓笑著繼續道：

「可是，沒關係。畢竟自己一定能與自己和好。」

「怎麼做？」

則子忐忑不安地環顧四周，圓指著則子的短髮說：

「把今後的每一天都過得跟今天一樣，讓自己開心就行了。」

則子伸手撫摸頭髮，想起自己決定染極淺的顏色，剪得像少女時代崇拜的外國女明星一樣短時，那期待雀躍的心情。

「是啊，我選擇了讓自己開心的髮型……」

「對，在則子女士妳自己尚未察覺時，已踏出跟自己和好的第一步了。」

圓用平靜中帶點開玩笑的語氣說道。則子雙手環抱胸口，自己擁抱自己，眼淚與話語同時落下。

「對不起，長年以來活得這麼隨便，眞的很對不起我自己。」

像是在回應則子，肚子叫了起來。這少根筋的地方也挺有自己的風格，則子邊哭邊笑，拿起木盤子上最後一個可頌三明治。她細嚼慢嚥，奶油的香氣和綿軟紅豆餡的甜味滲透身體每個角落。

「好好吃。」

則子擦拭眼淚，低聲讚嘆。圓應道：

「當然好吃啊，因爲這個可頌三明治是製作麵包的人、製作紅豆餡的人、種小麥的人和生產牛奶及雞蛋的動物們愛的結晶。」

「老闆娘在此準備了這愛的結晶，妳的愛我也收下了。」

則子立刻如此回應，圓發出可愛的咯咯笑聲。

「好的，請享用吧。」

則子心想，自己還未能拿出發自內心的愛。不過，能夠滿足自己的愛，未必只有夫妻之間才培育得出來。總覺得圓是這樣鼓勵自己。

首先，今天就從真心對待自己開始吧，則子下定決心。

回房前，則子去櫃檯辦理退房手續。等圓設定好刷卡機，則子拿起放在櫃檯上的其中一束花。

「我想送給老闆娘妳，真的受到妳太多照顧……」

「謝謝。」圓抱起小小的花束，露出開心的微笑。

「您去了『Flower Shop OKUNO』啊。」

「是的。」

「那邊的店長是我堂哥，最近花店生意似乎很好——」

「應該很好吧，從選花的品味到店內的裝飾及氣氛都非常棒。」

則子表示贊同，圓從她手中接過信用卡，接著又說：

「他最近在招募正職員工，沒有年齡限制，有相關經驗者待遇從優。」

則子凝視著圓，那雙黑色瞳仁特別大的眼睛閃閃發亮。

「畢竟是在鎮上經營了四代的中小企業，公司福利也很不錯，應該能給出女性在這小鎮獨居所需的薪資。」

「我……獨立什麼的……」

圓彷彿沒聽到則子說的話，傾身向前，看著櫃檯上剩下的另一束花。

「這束花是要送給您丈夫的嗎？」

「對，我是打算——」則子正想點頭，隨即抱起那束花。

「我原本是那麼打算，但現在決定送給自己了。」

她想對那個得借助花的力量才能僞裝愛家人的自己說聲「夠了」。不用再假裝了，現在最該重視的是對自己的眞心。

「關於獨立的事，我會好好思考的。」

圓歸還信用卡，則子盯著這張丈夫名義的卡片，簡短地表明了自己的決心。說出口的話，在內心迴盪。經由耳朵落入胸口，濺起溫暖的小小漣漪。這或許就是愛。

回到庭園松樹上的樹鶯，明朗地宣告春天到來。

第三冊

兩人才剛被帶進名為「黑房」的榻榻米客房，透馬隨即換穿起泳裝。幫忙提行李進來的老闆娘還在房裡，他也不管，直接脫了衣服。雖然只是八歲的小男孩，這樣的舉動仍不值得稱讚。

深尾沙月趁透馬尚未脫下身上的兒童四角內褲，趕緊指著寬敞廊台上那扇大窗戶外的海灘說：

「透馬，你看，有人在衝浪。」

「咦，好好喔。」

如同沙月所料，透馬的注意力完全轉移，穿著四角內褲奔向窗邊，貼著窗玻璃往外看。焦茶色頭髮鬈鬈的，頭頂有兩個髮旋。上幼稚園前，這鬈鬈的頭髮還常被人讚美「好像天使」，上小學後就變成在負面意義上的惹人矚目了。不過眞要說的話，透馬惹人矚目的原因不光是髮質。

沙月暗自嘆氣，轉向旅館老闆娘。她穿著黑底有白色海鷗圖案的綢緞和服，氣質優雅。結了髮髻的黑髮與白皙皮膚都帶有光澤，充滿活力的目光清澈耀眼，年紀應該不到二十五歲——比沙月小多了。

「請多游幾趟，把肚子餓得扁扁的再回來。」

在櫃檯第一次見面時，自我介紹名叫「丹家圓」的這位老闆娘，一邊把裝了沙月和透馬兩人份行李的行李箱放在房間角落，一邊抽了抽鼻子說「不過……」。

「先吃一下小饅頭，休息一下再去海邊，或許會比較剛好。」

沙月還來不及問這句話的意思，透馬就高聲叫了起來：

「有狐狸！」

「什麼？」

「媽媽，狐狸排成一排在海面上走。一、二、三、四、五……」

透馬的視線停留在什麼都沒有的海平面上，伸出手指數數。

「不要這樣。」

正當沙月急著阻止他時，大顆大顆的雨珠打上了窗玻璃，透馬興奮到又叫又跳。

「爲什麼出太陽還會下雨？好奇怪！」

「沒什麼好奇怪的，這叫太陽雨，是很普通的天氣現象。」

「這種現象也稱爲『狐狸嫁女兒』喔。」

就在沙月強調「普通的天氣現象」時，背後傳來圓如此補充的話聲。那不高也不低的聲音穩重且具有說服力，透馬恍然大悟般點點頭，隔著窗戶看海。沙月提心吊膽，就怕他又說出什麼奇怪的話。然而，透馬只是不停眨動那對有著深邃雙眼皮的大眼睛。

身後的圓正在爲兩人倒茶。和回過頭的沙月四目相接，圓站起身，深深吸了一口氣說：

「雨應該馬上就會停了。」

這句充滿確信的話，似乎不是對沙月，而是對透馬說的。等不及下海游泳的透馬雙手搭在窗戶上，只轉過頭問：

「『馬上』是多久？」

「等列隊的狐狸越過海面，雨差不多就會停了。」

聽到圓的回答，透馬睜大雙眼，愣愣地張開嘴，看了看海面，又看了看圓。接著，那和幼兒時期沒什麼兩樣的圓圓臉頰上浮現笑容：

「那就快了，我先來換泳褲！」

透馬伸手去抓四角內褲的褲頭，毫不猶豫就要拉下內褲。不過，圓已早一步走出房門。

圓說的沒錯，雨馬上就停了。

從旅館步行兩分鐘就到海邊，透馬跳進海裡，從剛才到現在已被海浪沖得跌倒好幾次。就算海水跑進鼻子引起嗆咳，他還是咯咯笑得十分開心。開心到忘了自己體力的極限，連腿軟站不穩了也沒發現。透馬從小就完全不怕水，自己要求學游泳，除了蝶式以外很快學會各種游泳姿勢。話雖如此，他才小學二年級，下水時沙月的視線一秒也不能從他身上移開。

沙月一邊仔細地在腳背上塗抹防曬乳，一邊留意坐在高高監視椅上的救生人員有沒有好好盯著透馬。事實上，沙月不會游泳，萬一眞的出了什麼事，仍得交給專業人士進行救助。

不光是游泳，沙月不擅長任何運動。就連跑步也不例外，小學時她已跑得比小她六歲的妹妹還慢。

由於運動神經這麼差，上國中後她社團選擇了美術社。原本她就喜歡畫畫，加入美術社後變得更喜歡，努力練習到足以稱爲專長的程度。大學考上美術大學的平面設計系，一路順理成章地進入廣告公司，從事美術設計師的工作。

人生的轉折點出現在六年前，三十三歲時沙月離職自由接案。當時無論工作或人際關係都很順利，辭職其實需要勇氣，但沙月無法不這麼做。比起收入，她需要更多自由的時間。儘管下定決心才辭職，原本平順的道路確實變成了艱難的上坡，她才深刻體認到，要不是揹著公司的招牌，自己根本無法獲得那麼多工作。

沙月戴上百圓商店買來的太陽眼鏡，凝視著從海裡上岸，朝自己直奔而來的透馬。

光靠自由接案的設計師工作難以獨力養活一個孩子，所以，沙月同時在貨運公司當全職行政人員，過著上超市購物時連一圓也必須計較的生活。即使如此，唯獨每年暑假沙月一定會帶透馬出來渡假，就爲了讓他留下美好的回憶。這是沙月小小的堅持，也是一種驕傲。去年她開著中古愛車大發Tanto帶透馬去露營，前年則是去爬山。家裡還買了整套烤肉用具。

向海灘商店借來的大陽傘被風吹得啪啪作響。

「媽媽也下海嘛。」

身上仍滴著水，透馬牽起沙月的手。沙月拿毛巾幫透馬擦鼻水，推託地回應

「欸……」。

「媽媽不太想游泳耶。」

「就算不太會游也沒關係啊，我的游泳圈可以借妳。」

天眞地指出沙月話中打腫臉充胖子的部分，透馬遞出透明的游泳圈。黏在游泳圈上的沙子飛散，落在沙月身上。

其實透馬就讀的小學暑假已結束。和沙月小時候不一樣，最近八月後半就開學的學校很多。這附近的學校大概也一樣吧，平日午後的海邊，卻不見帶學齡兒童來玩的海水浴客。

爲了家庭出遊請假不上學，沙月原本是會爲這種事感到猶豫的類型。可是今年貨運公司的連假和透馬的暑假無法順利重疊，再加上透馬開學回到教室前，沙月無論如何都想利

用出來旅行的機會和他好好談談，才會心一橫請了假。

「深尾同學說的**謊話**，讓班上同學不知所措。」

放暑假前不久，透馬的級任導師忽然把沙月請去學校，一臉嚴肅地這麼說。沙月請她告知詳情，這名上了年紀的資深女老師皺起眉頭，細數了一連串透馬的謊言。

百葉箱內住著小小的河童。一位白髮老太太表示想跟班上同學一起吃營養午餐。龍的孩子把身體纏繞在樓頂柵欄上睡覺。三樓男生廁所最裡面那間偶爾會與戰國時代相通。

「多到不勝枚舉。不僅如此，深尾同學講述這些事時莫名有說服力，班上同學都相信了。由於信以爲眞，有人滿腦子都想著這些事，也有人嚇到了。明明**沒人真的親眼看見那樣的異象**。」

這是非常危險的事——髮際明顯花白的導師語氣沉重地下了結論。

「深尾同學在家裡也常說那種話嗎？」導師這麼問，露出犀利的目光，望向沙月。沙月嘆口氣，心想「又來了嗎」。這個人也不分青紅皂白就認定透馬說謊，以爲他是想用謊言吸引人注意的慣性撒謊問題兒童。

不知從沙月的表情中讀出了什麼，導師壓低聲音：

「聽深尾同學說，媽媽要做兩份工作很忙。如果身爲單親媽媽的妳有什麼困難，要不要找學校或專門機構商量看看?不嫌棄的話，我也可以聽妳說。」

導師說這話的語氣，根本連沙月都一起當成了問題兒童。失望、困惑與孤獨感襲來，沙月一陣腿軟。

透馬從小就會沒來由地說出突兀的話，比如他看到同棟公寓某戶人家的窗戶往天空長出一道彩虹，或是他和蝗蟲交了朋友之後，對方介紹獨角仙國王給他認識。起初，沙月以爲那是透馬在幻想或做夢。可是，後來發現他說長出彩虹的那戶人家當天有人過世；他說認識獨角仙國王那天，家裡門上爬滿數量多到難以置信的獨角仙。日常生活中總會出現什麼事來印證透馬說的話。漸漸地，沙月自然理解透馬說的那些話，對他而言都是眞實發生的事。看得見別人看不見的東西，感受到別人感受不到的事物，只不過是透馬身上的一種「特質」。就像沙月無論看見什麼腦海都會浮現線條，能在紙上或用電腦自在描繪，或者像妹妹從小學時代跑步游泳都快得跟國中男生一樣。儘管種類不同，皆是天分資質。麻煩的是，和「會畫圖」或「跑得快」不太一樣，透馬的特質無從證明，也很難遇到能夠證明的機會，往往容易被人誤會或引發糾紛。

事實上，從上幼稚園開始過團體生活到就讀小二的現在，沙月接收過許多對透馬的投訴。其中大部分來自透馬的朋友，偶爾來自他朋友的家長，但被孩子們團體生活中握有絕對權力的強者教師責難，這還是第一次。要是連導師都把透馬當成騙子，他今後的校園生活該如何過下去？

沙月心情灰暗，決定不對從一開始就抱持否定態度的導師說什麼，只針對妨礙上課的狀況低頭道歉，表示自己會在暑假勸透馬聽話。導師似乎因此認爲沙月是個明事理的母親，露出鬆了一口氣的表情。沙月趁機詢問：

「對了，最近透馬班上是不是有哪個同學的奶奶過世呢？」

透馬看見的白髮老太太，是不是出現在那個孩子的座位附近？沙月忍著沒有進一步這麼追問。導師以「不能透露個資」爲由沒有明說，但她僵硬的神色說明了一切。透馬果然沒有撒謊。就算除了他以外所有人都看不到，他看見的仍是確實存在的東西。一方面認爲就算只有自己也必須相信他，一方面又得教他如何在團體社會中與他人相安無事活下去，沙月感到左右爲難。

察覺透馬一直盯著自己看，沙月拍拍身上的沙子站起。把游泳圈還給透馬，她勉強打起精神說：

「媽媽只要泡一下水就好，你看，我都擦好防曬乳了。」

透馬歡呼著跑向大海，沙月追著他，不禁嘆了一口氣。

＊

從海邊回來，又跑進和海灘直接相連的露天溫泉玩了一會後，等待晚餐的這段時間，透馬睡著了，彷彿喊著「萬歲」似地雙手高舉，發出舒暢的鼾聲。盯著透馬起伏的胸口，呼吸逐漸與他同步，沙月的眼皮也愈來愈沉重。

「打擾了。」

打招呼和敲門的聲音同時傳來，沙月急忙張開眼睛，說了聲「請進」。圓端著放了好幾個盤子的大托盤走進來。

沙月想搖醒透馬叫他吃飯，圓制止了她，低聲說：

「他聞到飯菜香味應該就會起來了，在海邊玩得那麼盡興，肚子一定餓了吧。」

「希望如此。」

「我先把飯菜準備好。」

圓笑咪咪地將菜肴往桌上擺。透馬的那份餐點，除了附養樂多及餐具小了一些外，吃的東西都和大人一樣。

正當沙月受到色彩鮮豔的醋漬櫛瓜與番茄吸引時，圓從朱色圍裙口袋拿出一冊老舊的文庫本（註）。

「旅行時的夜晚比想像中漫長，不嫌棄的話，今晚讓這本書陪伴您度過如何？」

「書？旅館還有這樣的服務嗎？」

「該說是服務嗎……因爲我們旅館有一間文庫。」

「文庫？」

「就是類似書庫或藏書閣的地方。我的曾祖父從一位海老澤先生那裡接收了所有藏書，打造成這間文庫，裡面放的都是戰前的書。」

沙月總算搞懂是怎麼回事，視線再度落在圓拿的那本書上。看起來的確歷史悠久，沒有書衣的文庫本，整體因日曬而泛黃，封面還有點反翹。到處都有不知是染色或汙漬的茶色斑點。即使如此，裝訂的線頭沒有綻開，保持著當年書出版時的狀態。以舊字體從右到左印刷上去的書名《小學徒的神明》及作者志賀直哉的名字，也都能夠清楚辨識。下方是岩波書店和原始刊載單位的名稱。包括封面圖案在內，外觀和現今書店也能看到的文庫本一樣，只是尺寸比現今的文庫本長一點。

「志賀直哉——我知道這位作家。教科書裡有收錄他的作品，我學生時代讀過。」

註：約A6尺寸的平裝書，方便攜帶，價格較低廉。

「《小學徒的神明》嗎？」

「不確定耶，作品名稱我忘記了。」

沙月歪了歪頭，圓微笑著說「那麼，有興趣的話請讀讀看」，把書放在長桌一隅。接著，她像想起什麼似地轉頭問：

「對了，這次是不是透馬弟弟找到我們旅館的呢？」

「是的，妳怎麼知道？」

「我鼻子很靈。」

圓一副若無其事的樣子回答，沙月疑惑地問：

「每年旅行的地點都是我決定的，只有今年透馬拿著地圖說絕對要來看這裡的海，還自己上網找了旅館，就是凧屋旅館。」

萬一是高級旅館怎麼辦？沙月沒說出自己曾這麼想，戰戰兢兢地確認凧屋住宿費用後鬆了一口氣。

「這是我們的榮幸。」

圓瞇起眼睛，望向仍在睡覺的透馬。

在透馬的央求下，沙月透過網路上查到的凧屋旅館電話號碼訂房。之後，收到旅館特意寄來的預約受理通知和答謝明信片。原本她覺得這家旅館未免太多禮了吧，沒想到出發前一天，想上網再次確認地點及建築外觀時，卻怎麼找都找不到凧屋旅館相關資訊的網頁，幸好手邊有那張寫著地址和電話的明信片——她正想把這件事告訴圓，躺在房間角落的透馬一個翻身起來了。

「醒來了嗎？」

圓微笑著轉向透馬。剛起來的透馬發現是陌生的房間，瞬間像是吃了一驚，又馬上想起自己正在旅行，露出笑容用力點頭。

「叔叔？」

「兩個叔叔一直在我旁邊講話，好吵，我就把耳朵摀起來，結果不知不覺睡著了。」

「嗯，兩個穿和服的叔叔。他們好像在聊書的事情吧？什麼善人怎樣的……太難了，我都聽不懂。」

透馬天眞無邪地訴說，爲了讓他住嘴，沙月急忙招手。

「透馬，過來這邊，有你喜歡的醋拌水雲。」

「眞的嗎？太棒了！」

圓向衝過來的透馬追問：

「那兩個叔叔在哪裡呢？」

「一開始在露天溫泉，然後跟著我過來，現下在那邊。」

透馬連「我要開動了」都沒說就端起水雲吃起來，伸手指向凹間前方、面海的廊台。圓和沙月同時默默注視著廊台，沙月只看見隔著小桌子相對的兩張高腳椅，沒有任何人影在那裡。看不到。

透馬還想繼續講，沙月打斷他說「是夢到的吧」，對圓低下頭。

「不好意思，這孩子睡傻了……」

感受到透馬抬頭望著自己的視線，沙月刻意不看他。在家時沙月都會說「媽媽相信你」，在他人面前卻佯裝不相信，對於這樣的母親，透馬會怎麼想呢？沙月不禁輕咬嘴唇。

圓抽了抽鼻子，開朗地對透馬說：

「別介意廊台上的叔叔們，透馬弟弟你想吃什麼就吃，想說什麼就說，想怎麼玩都行。明天退房前，這裡就是沙月小姐和透馬弟弟的房間。」

透馬放下裝水雲的玻璃小缽，圓滾滾的眼睛凝視著她，似乎很意外。接著，他「啊」了一聲，朝廊台望去。

「透馬，怎麼了嗎？」

「兩人對小圓點個頭就消失了。」

「怎麼叫人家小圓呢……太沒禮貌了。」

「可是，叔叔他們也是這麼叫的啊。」

先對沙月嘟起嘴，透馬再次抬頭看著圓，眼裡清楚流露尊敬的神色。沙月的內心一陣不安。

晚餐非常美味，放了秋葵和白蔥絲的冷湯、岩牡蠣涮涮鍋、吻仔魚釜飯、西瓜和哈密瓜口味的冰沙，以及擺在長盤上的蕨餅等清涼甜點，沙月和透馬全都吃完了。

圓過來收拾餐具和準備鋪床，沙月就跟透馬一起玩撲克牌。她陪透馬沒完沒了地玩「排七」，但沒關係。在這個只聽得見海潮聲與蟲鳴的房間裡，和透馬一起度過這段時光，沙月才察覺自己平常有多忙碌。

透馬的導師那皺眉的表情掠過腦海，沙月端正坐姿。

「嗯，透馬，等這局玩完——」

「拜託。」

透馬雙手合掌，低下頭，向一時不知如何是好的沙月懇求：

「睡前再玩一局就好。」

拿起一旁的手機確認時間，比平常沙月要求透馬上床睡覺的八點還晚了。沙月無奈地垂下肩膀，看看手裡的撲克牌，再看看透馬，最後點點頭說：

「好吧，只能再玩一局。這局玩完，可以聽媽媽說一下話嗎？」

沒被強迫睡覺，透馬似乎很開心，二話不說就回答「好啊」，重新拿起撲克牌。

然而，最後一局還沒玩完，透馬就開始打盹，不管沙月怎麼叫他都不回應，將手上的撲克牌一丟就睡著了。沙月煩惱著他連牙都沒刷，但決定先讓他睡一會。

爲橫躺在兩床被褥上、睡成「大」字形的透馬蓋上薄被，沙月仰望天花板，嘆了口氣。天花板的木板以細長木條撐住，沒記錯的話，這種天花板稱爲「竿緣天井」。老家的和室也是這種天花板，沙月直到上國中前都和妹妹一起睡在那間和室。透馬輕微的鼾聲與記憶中妹妹的鼾聲重疊，迴盪在她的耳內。

沙月甩甩頭，視線在房間裡梭巡，圓放在長桌一隅的文庫本映入眼簾。

「旅行時的夜晚比想像中漫長……的確。」

想起圓說的話，沙月伸手拿書。怕吵醒透馬，她移動到廊台上，想著萬一「兩個叔叔」還坐在這裡就不好了，小心翼翼地坐上高腳椅。打開桌上的檯燈，橘黃光線透出百折和紙燈罩，光線柔和不過亮。確定檯燈的光不會妨礙透馬睡眠後，沙月翻開日曬泛黃的封面。經歷歲月洗禮而變得薄脆的紙張，發出啪哩啪哩聲。沙月看了一眼版權頁，這本書出版於昭和十三年（一九三八），是第十一刷。

忽然很想知道初版一刷是在何時，她用手機上網查了一下。同爲岩波文庫版本的《小學徒的神明》最初出版於昭和三年。十年內再版了十一次，之後將近百年的時間仍不斷再版，流傳於世，足以證明這是普及大眾的暢銷名著。

像是被這樣的輝煌成果從背後推了一把，沙月讀起這本《小學徒的神明》。雖然書上使用的是舊假名與舊字體，內容本身非常簡潔易懂。尤其是主角之一，名叫仙吉的小學徒，就算沒有台詞，作者對他每一個動作的描寫都清楚浮現在沙月腦海，輕易就能想像仙吉的個性與心情。簡短的篇幅中沒有任何一個贅字，讀著讀者，一名坦率純眞又帶有幾分野心的少年，在沙月腦中栩栩如生地動了起來。她重新翻回封面，輕聲低喃：

「很有意思嘛，志賀直哉。」

志賀直哉大概會生氣地說「妳算哪根蔥」吧。沙月深深坐進椅子裡，繼續往下讀《小學徒的神明》。由於是短篇集，比預期的更快讀完。沙月暫且闔上書，面向黑暗的大海，感覺心情愈來愈激昂，接著再次翻開書，從頭讀了一次。第二次讀，在意的地方比第一次更多。心窩附近熱了起來，她察覺自己對自己有一點火大，不曉得爲什麼會這樣，正想從頭再讀一次時，聽見透馬的呼喚聲：

「媽媽……」

那是有點顫抖的聲音。想起透馬五歲第一次骨折時，也曾用那樣的聲音呼喚自己，沙月急忙站起來，一邊說「媽媽在這裡」，一邊回到榻榻米上。一頭自然鬈睡得更是亂翹，變成前衛髮型的透馬抱住沙月的腰說：

「糟糕，他們說老闆娘打算點火，要燒起來了。」

透馬說著嚇人的話，沙月輕拍他的背安撫道：

「透馬，冷靜點。你是不是做惡夢了？」

沒想到，透馬一把推開沙月，激動搖頭：

「雖然是做夢，但不是夢！那兩個叔叔來夢裡拜託我，說『老闆娘要點火了，快去告訴小圓』！」

「老闆娘點火？什麼意思？圓小姐不就是老闆娘嗎？」

見沙月一頭霧水、失去耐性，穿著睡衣的透馬跺腳說：

「我沒有騙人！那兩個叔叔叫我告訴小圓的！相信我！」

透馬強調自己沒有說謊，圓滾滾的大眼睛瞪得更大了。沙月拿起一旁的手機確認時間，晚上十一點。圓如果還在工作，應該在旅館裡吧。可是，沙月凝視著透馬，腦中閃過他身邊那些人，導師、朋友與朋友的媽媽們。就算告訴圓又能怎樣？以前不是沒有發生過類似的事，人們聽了只會表現出害怕、生氣、擔心或輕視的態度不是嗎？最後受傷的只有透馬而已。

「媽媽相信你……可是，透馬，這種話還是不要太……」

「如果媽媽相信我，就快通知小圓！」

透馬語氣堅絕，搖晃著一頭毛球般的頭髮。

「不管小圓會把我當成怎樣的人，我都無所謂。」

沙月把已到嘴邊的話吞了回去。這孩子早就察覺身邊的人對他冷眼相待。緩緩吐出一口氣，看到透馬不安地凝視自己，沙月抓抓他的頭髮，柔軟而有彈性的鬈髮彷彿在手裡跳舞。

「知道了，我會去跟圓小姐說的，透馬也一起來吧。」

沙月重新繫緊浴衣的腰帶，牽起透馬走出房門。

沙月和透馬快走到大廳櫃檯時，正好遇到從辦公室出來的圓。她的頭上還結著髮髻，身上也還穿著和服，只是手上提著一個與和服不搭的帆布托特包。

「妳要下班了嗎？」

沙月這麼問，圓點頭說「是的」，悄悄把托特包拿到背後。

「不過，有什麼事的話，二十四小時都可以找我。住宿上有什麼不便之處嗎？」

「要點火了。」

透馬忍不住大叫，沙月摀住他的嘴巴，對圓低下頭。

「抱歉，在妳回家前打擾，是這樣的……透馬做了個太生動的夢，爲了保險起見，我們過來確認一下，耽誤妳的時間眞是不好意思。」

「沒事、沒事，請別介意。怎麼了嗎？」

圓的表情認眞，蹲下來看著透馬的雙眼。透馬挺直背脊，沙月感覺得出他努力想冷靜表達。

「晚餐的時候，我不是提過兩個叔叔嗎？他們跟我說『老闆娘要點火了，快通知小圓』。」

圓輕聲複誦「老闆娘……」，赫然張大眼睛，臉色發白。

「謝謝你告訴我。」

快速道謝後，留下一句「明天見」，圓就慌慌張張地衝出玄關了。

剩下沙月和透馬兩人，透馬忽然不安地低聲問：「小圓會相信我嗎？」沙月低頭凝望著透馬頭頂的兩個髮旋。即使發下豪語說「不管小圓會把我當成怎樣的人都無所謂」，透馬終究不希望被當成騙子吧。沙月暗自呢喃「媽媽明白喔」。

——對方怎麼想都無所謂，其實是因爲對方是自己不在乎的人。遇到想建立情誼的對象時，還是會希望對方相信自己。

八歲的透馬即將邁入新學期，身爲母親，沙月確信自己能告訴他的，不是爲了在社會上生存而掩飾自我特質的技巧。牽起透馬的手，撫摸小指細長的指甲，沙月說出最想告訴他的話：

「相信圓小姐吧。如果希望對方相信自己，就得先相信對方才行。」

透馬的雙眸發亮，點了點頭。之後，透馬乖乖聽沙月的話回到房間，沒忘記先刷牙才睡覺。

日期即將改變，沙月也洗漱完畢，鑽進被窩。她的臉頰靠在發出平穩鼾聲的透馬背上，隨著他背部的起伏入眠。

*

早上七點，在海潮聲中醒來的沙月，掀起還在睡覺的透馬身上的棉被。

「早安，我們去餐廳吃早餐吧。」

聽到「早餐」，透馬立刻睜開眼，但仍不斷打呵欠。即使如此，他沒有睡回籠覺，乖乖起來洗臉換衣服。

早餐得去餐廳吃。因爲沒有其他住宿旅客，不用先占位子。兩人順道去了櫃檯，卻沒看見圓的身影。

早餐有荷包蛋、沙拉、納豆和海苔等旅館常見的菜色。透馬說荷包蛋旁的維也納香腸很好吃，連沙月那份都吃掉了。進入今年後，他的食慾似乎變大了。

所有餐點中最費心製作的應該就是味噌湯了吧。加了滿滿番茄、秋葵、南瓜、玉米等夏季蔬菜，每一樣食材都多一道烤過的程序才放入湯裡煮。沙月有生以來第一次想再添一碗味噌湯。

以淋上手工檸檬果醬的優格爲早餐收尾，兩人走出餐廳。才剛踏上走廊，母子倆背後就傳來話聲：

「早安，昨晚眞是太感謝了。」

回頭一看，圓站在那裡。或許是她今天穿了淺粉紅與深粉紅斜線交替的亮眼和服，氣色看上去比昨天好很多。

沙月還沒開口，透馬就戰戰兢兢地問：

「請問，火……後來怎麼樣了？」

「得救了喔。」

圓微微一笑，愼重地低頭鞠躬。抬起頭後，看看沙月又看看透馬，她歪了歪頭問：

「深尾小姐，兩位今天有什麼預定計畫嗎？」

「沒特別計畫什麼，上午就要退房了……啊，透馬或許想去海邊游泳。」

「我今天不去海邊。」

和剛才的表情完全不同，透馬開朗地說著，搖了搖頭。

「這樣的話，請休息一下，然後到文庫來好嗎？」

「好的。」透馬舉手回答，沙月也點點頭。

圓始終保持微笑，頷首致意後朝櫃檯走去。

沙月和透馬換好衣服，打包好行李後，拿著登記入住時領到的館內導覽圖找尋文庫。透馬似乎當成是拿到一張難解的藏寶地圖，不時把導覽圖轉過來轉過去，一下說是這裡，一下說是那裡，指著該轉彎的方向。沙月從透馬一頭鬈髮的腦勺後方悄悄窺看館內導覽圖，即使發現他指的方向錯誤也默默跟著走。

雖然多繞了一些遠路，兩人最後仍順利抵達文庫。從櫃檯往前，穿過大廳後，沿著最裡面的樓梯往下走幾階，文庫就在這裡的半地下樓層。

走在沙月前面的透馬歡呼著，一次跨兩階跑下階梯。沙月急忙跟上去。

高低落差不大的階梯很短，走到底就是一片擦得相當乾淨的木地板。首先映入眼簾的是正面與右側靠牆擺放的，高達天花板的書架。利用書架與書架之間的空位，正面這面牆中央裝飾著花瓶與畫框。左側是占據整面牆的大窗，可欣賞窗外的庭園景緻。或許是位處半地下，再加上方位的關係，即使有這麼一大扇窗，百葉窗才拉下一半，直射的光線就透不進來了。微亮的自然光讓圓的眼睛感覺很舒服。窗前放了一套方形沙發與矮茶几，圓背對這邊彎身在那裡準備什麼，聽得見餐具碰撞聲。

「媽媽，這是書本的房間耶。我從來沒看過這麼大的書架。」

透馬蹦蹦跳跳，興奮大喊。雖然喜歡在外面玩耍，他同樣是個愛看書的孩子。每三天會從小學的圖書館借書回家，在他的眼中，這座文庫或許眞的跟寶山沒兩樣。

圓轉過身來，對兩人露出笑容。沙月往桌上一看，那裡放著一台復古的機器，正面繪有富士山和寶船圖案，還寫著「初雪」二字，側面則是個大大的轉盤與「冰」字。沙月馬上知道這是用來做什麼的了。透馬一定也發現了吧，雙眼閃閃發亮。

「難得的夏天嘛。」

說著，身穿和服的圓熟練地綁起衣袖，繫上朱色圍裙。而後，她套上塑膠手套，從旁邊的保冷箱中取出一大塊冰磚，放在刨冰機的台座上，轉動轉盤。

「這台機器從我曾祖父的時代用到現在，雖是老式手動轉盤，仍能製作出好吃的刨冰。」

透馬原本一直盯著不斷沙沙落入玻璃器皿的冰屑，聽到這番話忽然回過神，抬頭對圓說「我也想轉轉看」。

「那就麻煩你嘍，小心別把手指夾進去了。」

圓讓位置給透馬，自己轉動盛冰的玻璃器皿。這麼一來，冰就能裝得更平均。對就讀小學二年級的孩子來說，轉動這個轉盤似乎有些吃力。在圓的暗示下，沙月將自己的手放在透馬手上幫忙。看到自己的手完全包覆透馬的手，沙月有些意外。以爲透馬的手很大，手掌的皮也變厚了，原來這麼小，還是孩子的手啊。

三人同心協力做出的刨冰，在玻璃器皿裡堆出雪白的小山，光看就一陣透心涼。

「我準備了各種糖漿和配料。」

一如圓所說，桌上除了草莓與藍色夏威夷等常見口味的市售糖漿，還有看似手工製作的梅子糖漿和檸檬糖漿、簡單的黑糖蜜、抹茶，罐裝的紅豆與軟管煉乳，以及用來裝飾的彈珠汽水糖、彩色巧克力豆、餅乾及罐頭鳳梨。

「感覺好像來到祭典市集。」

別說透馬深受吸引，連沙月都看得目不轉睛，情不自禁地脫口而出。圓高興地點頭：

「因爲暑假常常有客人帶小朋友來住宿。」

沙月一直認爲飯店的服務，與房錢、飯店規模或品牌成正比，如今她爲自己的這種想法感到羞愧。是圓和凧屋旅館讓她明白，用心的服務具有絕對的價值，不是能隨便拿來比較的東西。

透馬選了藍色夏威夷糖漿、巧克力豆和彈珠汽水糖，沙月選了抹茶、紅豆和煉乳。圓只加了梅子糖漿，沙月暗自佩服她的魄力與品味。

往大家面前的玻璃杯注入麥茶，圓笑著說：

「那麼，開動吧。」

「我要開動了！」

透馬用木匙舀起一大口冰，吃進嘴裡，隨即顫抖著說：「好冰！」

「你太心急了，刨冰又不會跑掉。」

「可是會融化啊。」

透馬說得太有道理，沙月一時之間說不出話來。圓對透馬豎起一根手指，笑著說「得分」。沙月也笑了，慢慢挖開冰。日常生活中累積的疲憊與壓力，比刨冰融化得更快。

等沙月和透馬吃完刨冰，圓才開口：

「昨晚我回到家時，廚房的瓦斯爐冒著煙。原來是早早上床的祖母半夜醒來，轉開瓦斯爐點燃火卻又睡著了……同住的祖父睡得很熟，幸好我及時回家。」

說著說著，像是回想起當時的情景，圓的肩膀微微顫抖，嘴裡低喃「真的很慶幸」。接著，她又對透馬和沙月低下頭。

「謝謝你們提醒我，讓我及時發現。」

「我只是把兩個叔叔說的話轉達給妳而已。」

透馬自豪地回答，雙手捧起玻璃器皿，把融化成糖水的刨冰喝掉。他說想再吃一碗，沙月以「下一碗得慢慢吃」為條件答應。

這次透馬自己將冰磚放上刨冰機的台座，再放好玻璃器皿，一個人轉動轉盤。仔細確認他的動作沒有危險後，圓才將視線轉移到沙月身上，微笑著說：

「這都多虧了沙月小姐，不但相信透馬弟弟說的話，還化為實際的行動。」

「因為對象是老闆娘妳啊……」

沙月以透馬聽不到的音量補充說明：

「就算說了，大部分的大人都不相信，也有許多人毫不掩飾不願相信的態度。所以，平常我都是聽聽就算了——雖然對透馬很過意不去。」

圓重重點頭說「我懂」，喝一口麥茶又說：

「我在沙月小姐和透馬弟弟身上聞到好心的味道，做不出不相信你們的選擇。」

「好心的味道？」

沙月像鸚鵡學舌般反問，圓沒有回答，只告訴沙月其實自己是「小老闆娘」，真正的「老闆娘」是她的祖母三千子。

「話雖如此，祖母已無法從事旅館的工作，所以現在實際上的老闆娘也可說是我。」

圓猶豫了一會，才看著沙月的眼睛再次開口：

「大約五年前祖母罹患失智症，如今連我和祖父都認不太出來，最近還常變得像個孩童。所以，聽透馬弟弟那麼一說，我馬上心裡有數——昨晚沒向兩位好好說明就離開，眞的非常抱歉，當時我實在有點著急。」

圓落寞地低喃「祖母之前也曾差點引發火災」。

透馬自己刨好冰，這次淋上檸檬糖漿，加上彈珠汽水糖和煉乳後沒有馬上坐回沙發，而是興致勃勃地跑到書架前東看西看，從最下層一端抽出一本書。

「透馬弟弟選了個有趣的東西呢。」

圓笑著伸出雙手。在她的引導下，透馬一手端著盛刨冰的玻璃器皿，將挾在另一邊腋下那本厚厚的冊子交給圓，回到沙發坐好。圓調整爲沙月和透馬都能清楚看見內容的角度，翻開那本冊子。

「其實這不是書，是相簿。」

「相簿？放照片的嗎？」

遵守跟沙月的約定，小口小口吃冰的透馬問。

「對，一些凧屋旅館外觀和館內的照片，本來由親戚保管，後來我整理成一本相簿。所以，這本書和文庫裡其他書不同，不是海老澤先生的藏書，只是作爲旅館的文史資料放在文庫書架一隅。」

第一頁應該是歷史最久的一張照片吧，拍的是身穿和服的男女站在旅館門前的樣子。男人在和服外加了一件染印「凧屋旅館」屋號的外套。

旅館建築和現在沒什麼兩樣，只有屋瓦的形狀稍微不同。

「這兩位是創辦旅館的老闆和老闆娘，我曾祖父的父母——也就是我的高祖父母。」

圓這麼說，但黑白照片除了褪色泛黃，粒子還很粗糙，兩人的長相已難以辨識。既然是創業超過九十年的旅館第一代老闆，表示這張照片差不多拍攝於一世紀前。應該算保存得不錯吧，能保留下來就堪稱奇蹟了。

刨冰都融化成糖水了，透馬也不管，兀自蹲下來翻看相簿。看著看著，他的視線停留在一張照片上。那是一張在凧屋旅館前拍的家族照。透馬指著其中一個男人說「這個人」，然後繼續往後翻，翻到出現彩色照片，又毫不猶豫地伸手指向其中一張說「還有這個人」。接著，圓滾滾的雙眼閃閃發亮，他得意洋洋地喊著：

「他們就是我昨天看到的兩個叔叔！」

相對於欲言又止的沙月，圓放鬆地笑著說：

「透馬弟弟指的第一個人，是我的曾祖父，他叫丹家清。」

聽到圓說的話，沙月從透馬背後探出頭，重新細看那張照片。

背對凧屋旅館，一對年輕男女中間站著一位中年婦女。三人都穿和服，女人梳著髮髻。雖然照片很舊，畫質也不太清晰，但從健壯的體格和圓圓的臉頰看來，應該是個不到三十歲的年輕男人。在即將年屆四十的沙月眼中，還稱得上是青年。

「很年輕嘛，這個人哪裡像大叔啦。」

「因爲他穿著和服，再說，叔叔就是叔叔。」

沙月一說，透馬鼓起腮幫子，加快吃冰的速度。圓出聲緩頰：

「戰後不久，身爲旅館創辦人的高祖父猝逝，從戰場上回來、才剛結婚的曾祖父繼承了旅館。這張應該是當時拍下的紀念照。」

「這麼說來，這位中年婦女是圓小姐的高祖母，年輕女人則是妳的曾祖母嘍？」

「對，她們就是當時的老闆娘和小老闆娘。」

圓點點頭，又小聲補充「兩人我都沒實際見過就是了」。

沙月想起相簿第一張照片中的男女。在那張照片中還很年輕的創辦人夫妻，到了拍這張照片時，丈夫已過世，妻子也踏入人生的後半場。時光確實地流逝，每個當下一定都會成爲過去。

「家族照片這種東西，看了會有點感傷呢。」

聽著沙月這句話，不知圓有什麼感想，只見她點了點頭說：

「曾祖父活到我小學二年級左右。因爲我父母自行創業，祖父母忙於經營旅館，小時候我每次來凧屋都待在退休的曾祖父房間玩。他經常念書給我聽。」

腦中擅自描繪起老人與小女孩並肩翻書的畫面，沙月不禁莞爾。一旁的透馬連忙翻著相簿，指向另一個影中人問：

「這個叔叔是誰？」

那是一個穿著看似喪服的黑色西裝、站在庭園裡的瘦削男人。犀利的雙眼注視著鏡頭，彷彿在瞪視什麼。這張照片的解析度比前幾張提高許多，也沒有褪色，約莫是用數位相機拍攝的照片吧。男人身邊站著一個穿深藍背心裙的女孩，一旁有另一個穿黑色洋裝的女人，手放在女孩的肩膀上。即使穿著連身洋裝，仍看得出女人身材纖細。不只體型，女人的穩重氣質與內斂端正的長相，都和圓非常相似。沙月立刻明白這個女人應該是圓的母親，小女孩則是小學時代的圓。圓告訴兩人，這張照片是在旅館爲曾祖父舉行葬禮那天拍的。

「那麼，這個長得很凶的男人，就是小圓的爸爸嘍？」

聽見透馬這句話，圓噗哧一笑。

「長得很凶——的確，父親說他從小就不太受曾祖父疼愛，連早已長大成人的這天，拍照時他依舊十分緊張。」

「小時候覺得恐怖的大人，長大後還是會一直覺得恐怖嗎？」

透馬低聲嘟噥。搶在他認眞詢問圓之前，沙月趕緊出聲：

「圓小姐的曾祖父和父親，以看起來差不多歲數的年輕樣貌，一起出現在透馬面前嗎？那妳父親一定很緊張吧？」

「可是我看到的那兩人感情很好。還有，他們都是幽靈。小圓，妳爸爸死掉了嗎？」

「透馬！」

沙月趕緊摀住透馬的嘴巴，不讓他繼續問這麼直接又不禮貌的問題。這次連圓也不禁苦笑，但她沒有生氣，仔細地說明：

「我的父親還在世。今天早上，我才打電話去紐約報告祖母差點引起火災的事，所以我很肯定他還活著。而且，父親聽到這件事相當慌張，怎麼想都不像早就知道的樣子。」

透馬沮喪地說「這樣啊」。沙月鬆了一口氣，對透馬說：

「就像眼睛看到的東西不代表全部一樣，透馬看到的東西也不一定全都是眞的喔。」

透馬一副出神的樣子，視線落在相簿上，彷彿沒聽見沙月的話。不久，他抬起頭，指著圓父親的照片說：

「我看到的這個叔叔，跟另一個叔叔穿一樣的和服。」

「和服？是浴衣嗎？」

「不確定耶，我不知道。還有，他的頭髮比較長。」

「家父以前留過長髮，但當時應該比這張照片中的他更年輕。和服——這就難說了，我甚至沒看過父親穿浴衣。」

直到最後圓都認眞思考著透馬說的話，溫柔地微笑道：

「先不管『那兩個叔叔』是誰了。總之，多虧透馬弟弟轉告他們的提醒，我的祖父母才逃過一劫，這是不可否認的事實，非常謝謝你。」

聽到圓道謝，透馬才露出放心的表情，滿足地吃完刨冰。接著，他滑下沙發，拜託沙月讓他去庭園玩。沙月叮囑透馬只能在透過文庫窗戶看得見他的範圍內玩，才送透馬一個人出去。

*

剩下沙月和圓兩人，沙月拿出從客房帶過來的書。她想著反正都要去文庫，不如順便還書，就把書帶過來了。

圓一看到書，整張臉都亮了起來，急著問：

「《小學徒的神明》，妳看完了嗎？」

「是的，故事滿短的，我反覆讀了好幾次。」

說著，沙月遞出書。圓沒有收下，歪著頭問：

「這個故事很短啊？」

「對，我是這麼認爲……或許每個人感受不同吧。圓小姐覺得這故事不短嗎？」

「不巧的是，我沒讀過《小學徒的神明》。」

沒想到圓會這麼回答，沙月愣愣地張著嘴巴。圓聳了聳一對溜肩，爲自己和沙月往玻璃杯倒滿麥茶。

「說得正確一點，是我無法看書。身爲擁有這麼大一間文庫的旅館小老闆娘，說起來眞是丟臉。」

「不，這沒什麼好丟臉的。不過，『無法看書』的意思是……？」

儘管擔心直接問會不太禮貌，沙月仍問了出口。圓的回答出乎意料地乾脆，說是「跟過敏症狀差不多」。

「只要翻開書本，眼睛、鼻子和喉嚨都會受到刺激。」

「氣味刺鼻，眼睛也受到刺激流淚嗎？」

「對。不過，我只是無法看書，並不是看不懂文字，不妨礙日常生活——人生少了一項樂趣就是了。」

沙月把書拿近鼻子，只聞得到陳舊紙張的乾燥氣味。

圓有些難爲情地眨眨眼說：

「大概是我的鼻子——或者說嗅覺，跟別人有點不一樣。」

「像是過敏體質那樣嗎？」

沙月小心選擇措詞，如此應道。圓只歪了歪頭說「不知道耶」，莞爾一笑：

「可是，多虧有這個鼻子，有時我能憑氣味找到適合別人讀的書。」

「所以妳才推薦我讀《小學徒的神明》嗎？」

「我在沙月小姐身上聞到跟這本書相同的氣味。不是體臭喔，充其量只能說是我感受到的氣味。」

圓重新轉向沙月，低下頭說：

「方便的話，能不能告訴我《小學徒的神明》是怎樣的故事？」

「咦？可是我很不會整理要點或大綱……」

「用沙月小姐自己的方式說明就行了，就算只告訴我感想也沒關係。」

圓的眼睛絕對稱不上大，但黑色瞳仁特別明顯，令人印象深刻。彷彿被這雙眼睛說服，沙月很快舉旗投降。

「就當是報答剛才的美味刨冰，我試試看吧。」

沙月翻開泛黃的文庫本封面，宛如打開音樂盒的蓋子，昨晚才剛讀過的故事件隨著旋律重回腦海。連閱讀時那種火大的感覺也一起回來了。

「書名中的『小學徒』，是一個在秤店當學徒的男孩仙吉。他以為的『神明』，其實是貴族院的議員A……」

仙吉從來沒吃過壽司，就算是一次也好，他想嘗嘗壽司的滋味。然而，他只是個學徒，沒有錢。有一天，他省下為人跑腿拿到的單程車資，走向路邊的壽司攤販。豈料，事情沒有他想的那麼簡單。仙吉手頭的錢，連一貫鮪魚握壽司都吃不起。問了老闆價錢，仙吉將拿起的鮪魚握壽司又放回去。沙月比手畫腳地演出這一幕，圓不忍心地皺起眉頭。

「真哀傷，仙吉好可憐。」

「書中有人和圓小姐深有同感，那就是碰巧跟仙吉在同一個壽司攤上的A。他出身富裕，有自己的家庭，也是個擁有小孩的父親。然而，他只是眼睜睜地看著沒錢的仙吉什麼都沒吃就離開。」

「要是他請仙吉吃就好了。」

聽到圓這麼嘀咕，沙月彈響手指說「沒錯」，找出書中的一段。

「A把在壽司攤上發生的事告訴朋友，那個朋友說了跟圓小姐一樣的話。可是，A這麼回答——」

總之我連一點勇氣都拿不出來。如果當時跟他一起離開，或許還能在別的地方請他吃東西吧。

「我認爲，《小學徒的神明》故事的主旨，應該是圍繞著A這時沒能拿出的『**勇氣**』。」

隔了幾天，A又偶然遇見小學徒。一直掛念可憐小學徒的A，將這次偶然的重逢轉變爲機會，帶小學徒飽餐了一頓壽司。不過，他沒有透露自己是誰，甚至趁小學徒仍在吃壽司時就早一步離開壽司店。

「A用『**心頭有股說不出的惆悵，心情不太好**』來形容當時的自己，還說『**就像做了不為人知的壞事之後湧現的心情**』。」

「是指罪惡感嗎？」

圓歪著頭問，再次往杯裡倒入麥茶。沙月這才發現自己的杯子不知何時空了。每次冰塊從麥茶壺滑落，都會發出喀啦喀啦聲。

沙月感激地喝一口麥茶，又開口說「可是啊……」。

「A雖然優柔寡斷，爲自己採取的行動感到苦惱，過了幾天也就把小學徒的事忘得一乾二淨了。另一方面，小學徒仙吉卻難以忘懷。那個彷彿看穿自己心中所願與付不出錢的挫敗，請自己飽餐了一頓壽司的A，在仙吉眼中『**或許是神明，不然就是仙人。說不定是稻荷神**』，他心懷感激。」

他在悲傷或痛苦時，一定會想起「那位客人」。光是這麼想，就能成為一種慰藉。他相信「那位客人」下次又會帶著某種恩惠出現在自己眼前。

沙月讀完這段，憤憤不平地說：

「我認爲A眞正該抱持罪惡感的是這一點。對仙吉伸出援手只是一時的事，之後他就不管了——這樣不會太過分嗎？」

圓也替自己倒了麥茶，緩緩吐出一口氣，才說：

「沙月小姐一定是有勇氣的人。」

「什麼意思？」

「A太在意『他人的眼光』，變得膽小畏縮。原本心中亮起的，是純粹的好意與同情的燈光，卻因爲在意他人的眼光，擔心被當成僞善者，導致這份心情受到影響、扭曲變質，最後消失——很多人都有這種膽小的毛病。可是，也有人像沙月小姐這樣帶著最初的純粹燈光前進。你們是有勇氣用『自己的眼光』看待自己的人。」

圓微笑著說「實在令人羨慕」。看到她那張純眞的臉，沙月終於明白自己在讀《小學徒的神明》時爲何感到火大。

「我只是莽撞。」

沙月輕聲說著，朝窗外望去。不知發現了昆蟲還是什麼，透馬趴在地上，臉頰湊近草地，專注地觀察地上的東西。

「透馬不是我生的。」

沙月也不曉得自己爲何這麼坦白。看著圓時，話語自然而然地脫口而出。

圓注視沙月的側臉，靜靜吸一口氣，感覺不出驚訝或好奇心被勾起的樣子。如同聽透馬說狐狸列隊在海面上行走時一樣，她只是一臉理所當然地接受了沙月說的話。

「透馬是我妹妹的孩子。可是，這孩子兩歲時，妹妹和妹夫車禍身亡……」

擅長運動、很會游泳，小自己六歲的妹妹從小就比沙月討喜，朋友也多。包括父母在內，妹妹身邊的人都十分疼愛她。沙月當然也以自己的方式疼愛著妹妹。只是，考上美術大學搬出家裡，和妹妹分開時，沙月有種前所未有的解脫感，這是無可否認的事實。

從此，姊妹雙方都以忙碌爲由，減少了見面的機會，只保持淡淡的交流。儘管彼此都沒說出口，總覺得刻意保持距離是為了避免發生致命性的衝突。就連妹妹因為懷孕才去登記結婚，以及透馬這個外甥誕生的事，沙月都是和父母通電話時才間接得知，也只在形式上送禮祝賀。老實說，沙月對妹妹一家始終沒什麼興趣。

最後一次近距離看到的妹妹，已是一具損傷嚴重的遺體。旁邊並排著根本沒說過幾句話的妹夫遺體。聽說夫妻倆深夜開車兜風，高速撞上公路護欄。驗屍的結果，發現是酒駕。

不到兩歲的透馬一個人被留在妹妹夫妻住的公寓。聽說當時他瘦得誇張，看到一群大人闖進家裡也面無表情。警方很快展開調查，發現妹妹夫妻是放棄育兒的慣犯。孩子雖然沒有被施暴，但嚴重營養失調。

透馬住進大醫院，體力慢慢恢復的期間，關於遭親生父母當成透明人般忽略的他今後該何去何從，在行政機關的職員們居中協調下，雙方親屬展開討論。

「可是，包括我父母在內，雙方親戚都沒人要出面收養。大家都像《小學徒的神明》裡的Ａ一樣膽小怕事，只想明哲保身。最後，儘管比別人更膽小，但我這個人就是笨，當場衝動地舉手說我來養。除了莽撞，還能說是什麼呢？」

窗外的透馬恰巧抬起頭，差點與他四目相對，沙月急忙低下頭。身旁的圓悠哉地朝窗外揮手。

「事實上，正式收養透馬之後，我不知後悔了多少次。不，坦白說，現下也在後悔。爲了確保照顧嬰兒的時間，我不得不辭掉工作，自行接案。如此一來，收入當然會減少。爲了好好養大那孩子，如今我同時兼兩份差，就算是這樣，對金錢的不安也從未消失。爲了將他培養成能獨當一面的人，不停摸索責罵和稱讚的方式。無論是當一個母親，還是養一個孩子，我始終都沒有自信。每次那孩子跟朋友或老師之間起了什麼爭執，導致事情變成那樣的他的特質，總是令我抱頭苦惱，不知如何是好。即使嘴上說『媽媽站在你這邊』、『媽媽相信透馬說的話』，我依舊會在意別人的眼光。我從來都沒有什麼『自己的眼光』。」

沙月喘口氣，伸手去拿杯子，一口喝乾還剩半杯的麥茶。

「總有一天，透馬會看透我這窩囊的本性。因爲他是個什麼都看得見的孩子。到時，比起選擇不收養他的親戚或虐待他的妹妹夫妻，說不定我才是帶給他最大傷害的人……」

沙月不由得摀住臉。

「這麼一想，我就覺得生不如死。」

——要是我能像A一樣當「神明」就好，不知有多輕鬆。

正因後悔自己不假思索就對透馬伸出援手，看到《小學徒的神明》裡A深思熟慮的行動時，沙月才會覺得「太過分了」，每重讀一次又更加火大。這樣的反應，正說明了她羨慕A那幾近膽小的謹慎。她無法不去想像當時如果沒收養透馬，現在會過著怎樣的生活。多麼卑鄙又丟臉的想法啊，沙月感到非常沮喪。

圓反覆低喃著「莽撞」，忽然爽朗地說：

「不管是莽撞還是勇氣都沒關係啊。沙月小姐在思考之前就採取了行動是事實，也因此透馬弟弟現在過得十分幸福。」

「幸福？是嗎？」

沙月放下摀住臉的手，疑惑地問。圓靜靜看著她說：

「剛才念的那一段，拜託妳再念一次。」

沙月重念了一次。

他在悲傷或痛苦時，一定會想起「那位客人」。光是這麼想，就能成為一種慰藉。他相信「那位客人」下次又會帶著某種恩惠出現在自己眼前。

「妳看，即使只受過A一次恩惠，仙吉一直心存感激，視其爲活下去的希望。無論A在那之後湧現多麼不愉快的心情都和仙吉無關。不管A自己感覺如何，他的行動仍是勇敢的善行。」

圓斬釘截鐵說完，轉向窗戶。沙月也跟著朝窗外望去，透馬不知何時已從草地上爬起來，正在觀察落在花壇泥土上的花瓣。

「對透馬弟弟來說，沙月小姐的行動就是勇敢的善行。更何況，仙吉的『神明』只出現那麼一次，透馬弟弟的『神明』卻從他兩歲時就一直陪伴在身邊，無論開心、難過或痛苦都沒有離開，暑假還一定會一起出門旅行，這樣難道不幸福嗎？」

沙月仍感到困惑，圓露出開朗的笑容說：

「而且……我認爲，透馬弟弟早就看穿沙月小姐後悔的心情。」

「早就看穿？」

像是要鼓勵慌張的沙月，圓接著說：

「是啊，雖然『神明』非常苦惱，卻沒有放棄自己，一直陪伴在自己身邊——透馬弟弟想必深切感受到了這一點。」

沙月這才終於把視線移向窗外，透馬抬起頭，和她四目相接，笑著動了動嘴巴。從他的口形，沙月馬上看出透馬說的是「可．以．再．玩．一．下．嗎？」，於是舉起雙手在頭上比了個表示可以的「〇」。透馬又一邊揮手，一邊動了動嘴巴。

「謝．謝。」

沙月也對透馬揮手，暗自希望他沒發現自己滿臉淚水。就算是欣喜的淚水，她也不想讓透馬看到自己在哭。現在還不想。

＊

從庭園玩得滿身大汗回來的透馬泡了最後一次溫泉。泡完後，圓又請他吃了一碗刨冰。

透馬坐在大廳，吃淋上草莓糖漿和煉乳的經典口味刨冰時，沙月站在櫃檯前辦理退房手續。

「我是不是該好好告訴透馬他真正的父母是誰，以及成為我的孩子的經過？無論事實多麼殘酷……」

接過收據，沙月這麼問圓。正因圓不是所謂的「媽媽朋友」，也不是家人或學生時代的朋友，只是萍水相逢的對象，這句話才問得出口。

圓抽了抽鼻子，看了看沙月，垂下目光靜靜地說：

「聽說我的祖母和曾祖母也沒有血緣關係。」

「老闆娘嗎？」

「對，我忘了什麼時候聽姑姑說的。曾祖母過世時，由於死因不明，進行了解剖，結果發現她從來沒有生過小孩。」

「這是妳曾祖父還在世時的事嗎？」

「對，可是曾祖父什麼都不告訴祖母。這是祖母親口告訴我的。她說，關於自己的身世，不管怎麼問，曾祖父都是一句『以前的事早就忘記了』。雖然祖母笑著說只能放棄……」

睫毛的影子落在圓白皙的臉頰上，眨了眨眼，她再次直視沙月。

「祖母深愛曾祖父與曾祖母。她說自己從小到大都非常喜歡父母，也很尊敬他們。正因如此，她才會不斷思考爲什麼父母不願意告訴自己眞相，想知道自己眞正的父母到底是誰。說不定就連現在，她腦海的某處仍不斷這麼思考著。」

「這樣好痛苦……」

沙月情不自禁這麼說，圓深深點頭。

「祖母喜歡看小說，還沒生病的時候，她總會念書給無法看書的我聽。我曾問她爲什麼這麼喜歡看小說，祖母的回答是……」

——想在虛構的故事裡，找尋有時能看見的「眞實」。

透過圓的話聲，沙月感覺自己直接觸碰到素未謀面的老闆娘內心。

這份感傷，與小學徒仙吉的故事重疊。老闆娘透過閱讀彌補人生欠缺的部分，閱讀可說是她的「神明」。即使是得了失智症、無法閱讀小說的此刻，或許老闆娘仍在等待她的「神明」。

透馬吃完刨冰，朝櫃檯跑來。一看到他，圓恭敬地低下頭。

「謝謝兩位的光臨，請一定要再來。」

沙月點頭說「一定會的」，幻想著「下次」是什麼時候。等到能夠以「自己的眼光」養育透馬、用自己的嘴巴訴說眞相，即使如此，母子倆依舊笑著生活的「那天」到來，就能再次抬頭挺胸來凧屋旅館住宿了。但願能來。

到時，圓會爲我推薦文庫裡的哪本書呢——沙月決定懷抱著這樣的期待活下去。

第四冊

「不要邊看手機邊走路，小心撞到工地看板。」

都築奏志提醒走在前面的四個少年。這是第三次提醒他們了。來這裡的電車上，四人就一直用手機打連線遊戲。那是款在路上互相砍殺的危險遊戲，但他們組隊協力，一副很開心似地揮舞著凶器，有時甚至發出歡呼。

——這幾個傢伙根本不用出來旅行，在家附近的公園玩就行了吧？

少年們前幾天剛從地方上的公立國中畢業——也是奏志的母校。他們雖然已將自己當成高中生，但在法律上到三月三十一日爲止都還算是國中生。奏志心想，這段猶如懸在半空般不上不下的時間，是他們還能被稱爲孩子的最後倒數階段。

一路上都看得到松樹和氣派的建築，在這看似別墅或高級住宅區的城鎮小路上，到處都在進行工程。繞了幾次路又往回走，正當他以爲迷失方向時，手機導航應用程式終於發出「到達目的地」的通知，眼前出現一道附有瓦片屋簷的大門。奏志抬頭看門上掛的「凧屋」招牌，疑惑地歪了歪頭，和從父親雅志口中聽到的旅館名稱似乎不一樣。他還想不起父親說的名稱是什麼，前面四人已你一言、我一語地說了起來。

「奏志老師，我們今天住在這裡喔？」

「欸，這是旅館嗎？好小！」

「看起來好舊、好恐怖，感覺會鬧鬼。」

「不知耐不耐地震耶，沒問題吧？」

「奏志老師，我是那種不住大飯店就睡不著的體質。」

嘴上抱怨著，四人還是很乾脆地走進大門，沿著石板路前進。

奏志嘆口氣，用手機傳了「平安抵達爪屋旅館」的訊息給雅志，立刻收到回覆「知道了，麻煩你好好帶隊嘍」。

奏志出生前，雅志就在地方上開了一家以國中和小學的學生爲對象的小型補習班「都築教室」。基本上，這不是以升學率爲賣點的補習班，甚至今年才首度出現考上第一志願名校的學生。然而，由於擅長指導公立學校平時段考的應考對策，廣受地方家長好評，至今經營了四分之一世紀，從來沒有招生人數不足的問題。

「都築教室」有一項知名活動，那就是每年三月舉辦的畢業旅行。從補習班應屆畢業的學生中招募想參加的人，取得家長同意後，帶他們去一趟兩天一夜的小旅行。目的地每年都不一樣，但向來都由班主任雅志親自帶隊。他是典型的熱血教師，對每個學生都有深厚的情感，曾發下豪語說帶學生畢業旅行是「給自己的獎賞」。然而，今年他卻把帶隊任務讓給只是區區打工講師的兒子奏志。話說回來，奏志認爲他或許是不得不讓。

以分不出是開玩笑還是當眞的力氣衝撞彼此肩膀，四人大聲嚷嚷著推開旅館的門。奏志快步追上他們，低聲嘀咕：

「是該趁這個機會叫他們說出眞相了。」

看到從正面玄關出來迎接的旅館老闆娘，四個少年彷彿忘了剛才的虛張聲勢，全都變得乖巧起來。面對這位身穿清爽水藍色和服的漂亮姊姊，他們大概非常緊張吧。奏志強忍苦笑，告知老闆娘已預約訂房。

「是都築先生和您的旅伴是嗎？歡迎來到凪屋旅館，我是小老闆娘丹家圓。」

以不高不低的穩重嗓音自我介紹後，圓低頭行禮。結成髮髻的黑髮富有光澤，溫柔的微笑與優雅的身段想必化解了四個大男孩的緊張。其中，有著橄欖球選手般健壯體格的新之輔，搔著兩邊鬢角剃高的小平頭，嘴上開起了玩笑：

「爲了見到小老闆娘圓小姐，我可是等很久了。」

「圓小姐是單身嗎？有男朋友嗎？」搭新之輔的便車，淳生跟著貧嘴。淳生的成績頂多能上中等程度的公立學校，但他頭腦好，做什麼都得心應手。即使和新之輔一樣亂開玩笑，俊俏的臉上笑容討喜，開起玩笑也懂得適時收手，不流於低俗。

「笨蛋，你們太沒禮貌了吧。」

彰成推了推眼鏡，大聲斥責兩人。彰成在四人當中身材最矮小，嗓門卻最大，態度也最高傲。他的功課不錯，在學校裡的成績卻老是被綜合評價扯後腿，導致總分一直高不起來。原因或許就出在他這種妄自尊大、瞧不起旁人的態度，給師長們留下壞印象了吧。所以，彰成居然能推甄上原本想考的第一志願私立高中，只能說是奇蹟。當然，這個成果對「都築教室」的口碑做出很大的貢獻，雅志也很高興。

無論是新之輔的調侃還是彰成的斥責，圓都以四兩撥千斤的態度輕輕帶過，請眾人前往櫃檯。此時，圓的視線移向站在最後方的柊矢，小巧的鼻子朝上深吸一口氣。

「你知道這種花的名字嗎？」

突然被問了這個問題，柊矢瞬間面紅耳赤。這個像小動物的學生膽子小，性格內向怕生。也因爲這樣，別說原本的第一志願，連分數綽綽有餘的學校都沒考上，落到與原本實力相差甚遠的後段高中。爲了替他解圍，奏志隨著圓的視線望向櫃檯一隅的花瓶，枝頭的黃色小花和葡萄一樣結成一串一串。奏志還是第一次看到這種花，正當他暗自放棄出手相救時，聽見柊矢細細的聲音回答：

「旌節花。」

和他纖細的手腳形成對比，那有點大的腦袋不安地歪著。

「正確答案。」圓微笑拍手。這麼一來，奏志和其他三個男生也跟著鼓掌。

「什麼嘛，柊矢，你是男生還愛花喔？」

新之輔馬上出聲調侃。一個像調皮的孩子王，一個像被孩子王欺負的對象，在補習班也很常看到兩人這樣的互動。柊矢說不出反擊的話，淳生就幫他站出來說「跟是男生還是女生無關吧，小新，你的觀念太迂腐嘍」。淳生爲柊矢出頭也是司空見慣的景象，不過，今天難得柊矢開口爲自己辯駁：

「我沒有特別喜歡或討厭花，只是我媽愛花，家裡院子有種，她還會買回家裝飾……就算沒問，她也會告訴我那些花的名字，我就這樣記住了。」

柊矢這番笨拙的說明，聽得新之輔瞪大眼睛，眼裡流露一股剛才沒有的執著情感。

「我知道了，柊矢不是愛花，是愛媽媽啦。你這個變態戀母癖。」

柊矢本人還沒說什麼，淳生已挺身而出，責問「你是什麼意思」。這時，圓悠哉地出聲：

「謊言。」

無視愣在一旁的男孩們，她繼續道：

「旌節花的花語是『謊言』。此外，還有『邂逅』和『約定碰面』……」

「這花語眞恐怖。」

四人傻站著不動，奏志便替眾人說出感想。圓歪著頭問「謊言很恐怖嗎？」，將一把繫有紅色流蘇鑰匙圈的鑰匙交給奏志。

「各位的房間是『朱房』。從這條走廊走到底左轉，上樓梯就能看到了。」

進到客房安頓好，四人在榻榻米上選了自己喜歡的地方坐下，迅速拿出手機，大概是打算繼續連線玩遊戲吧。奏志提醒新之輔不要坐在凹間後，走向放有一套老式待客桌椅的廊台，打開窗戶。

「你們看，眼前就是大海。」

「那又怎樣？奏志老師，三月的海水可是冷得無法下去游泳喔。」

「說到海，又不是只能游泳，也可以去沙灘散步……」

奏志話沒講完就閉嘴了，因爲四人望向自己的眼神實在太冷淡。新之輔刻意誇張地聳肩說：

「奏志老師，一群男生在沙灘散步有什麼意思啊？如果能跟圓小姐一起散步也就算了。」

「怎麼，小新，你很中意那位圓小姐嘛。」

即使淳生這麼嘲笑，新之輔也不爲所動，理所當然地回答：

「失去了迷生，圓小姐就是我的本命。」

「迷生是誰？」

奏志隨口詢問，四人卻面面相覷。「這個嘛……」連一向伶牙俐齒的新之輔都吞吞吐吐起來。反而是彰成眼鏡底下的目光一閃，開口應道：

「國中社會科老師的綽號，跟奏志老師無關吧？」

那種嗤之以鼻的態度令奏志一陣火大，他不高興地說：

「不，怎麼會無關？我今年預定要去你們母校當實習老師，只要這個叫『迷生』的人沒轉調去別的學校，我很可能會受到她的關照。」

四人再次面面相覷。像是難以忍受這樣的沉默，淳生忽然站起來，用輕鬆的語氣宣布：

「我還是去海邊好了。」

「你要下海游泳嗎？」新之輔瞪大眼睛，淳生笑了。

「誰要下海啊，笨蛋。難得的春假，我可不想感冒，只是想去拍幾張可以上傳到社群網站的美照啦。」

「不錯嘛，拍點青春的照片回來，多上傳幾張啊。」

出乎意料地，彰成如此附和。新之輔似乎沒有自己的社群網站帳號，吵著要趁機申請一個。

「柊矢呢？」

淳生這麼問。柊矢從剛才就一直盯著手機螢幕，沒加入眾人的對話。淳生和柊矢家住得近，從幼稚園就一直玩在一起。擅長照顧人的淳生總是很關心柊矢，兩人看起來就像一對兄弟。柊矢彷彿沒聽到淳生說的話，抬起頭後臉上一片茫然。往柊矢頭上用力一拍，新之輔大聲說：

「你的手機從剛才就一直叮咚叮咚地響個不停，吵死了。到底要聯絡幾次？反正一定是你媽吧？跟她說不要這麼擔心啦。」

「抱、抱歉。」柊矢啞聲道歉，把手機放進口袋。新之輔嘖了一聲，再次轉向淳生。

「大家都要去的話，柊矢也會去，平常不都是這樣嗎？」

即使淳生擅自幫自己做了決定，柊矢也沒有表示異議。奏志想起他們在補習班時的模樣，心想這孩子總是如此。即使受到夥伴嘲弄或貶低，柊矢也不生氣，只是有點困擾地微笑而已。

下個目標決定後，男孩們迅速展開行動，只帶手機就走出客房。

獨自被留下的奏志，急忙朝著他們背後喊：

「我待會也過去。」

「奏志老師不用來啦，我們又不是幼稚園兒童，沒有監護人在也會留意遊玩時的安全。」

淳生回頭拒絕奏志。奏志碰了一鼻子灰，只能勉強擠出一句「別跑進海裡」的叮嚀。

聽見背後傳來「啊」的一聲，奏志收回剛要伸出的手。回頭一看，只見圓抱著報紙包裹的花站在那裡。

「這個不能摸嗎？」

奏志一邊這麼問，一邊環顧四周。剛才聽著規律的海潮聲，旅館內的氣氛悠閒到有些無趣，奏志便起身四處走動，最後來到這裡。這個房間位於大廳和櫃檯往後走到底的半地下樓層。燈光有點暗，空氣也比較陰涼，引起奏志的好奇心。走下樓後，迎接他的是高達天花板的書架。厚重的木頭書架上全是看似老舊的書，書背上的書名多半褪色、磨損，有的甚至無法辨識。找到自己認識的作者名，他正想抽出一本書來看出版年分到底多久遠時，背後傳來圓的聲音。

圓急忙搖頭說：

「不不不，這間文庫裡的書，只要是住宿的客人都可以自由取閱。」

「啊，原來『文庫』就是指這間文庫。」

「咦？」

「是這樣的，當初訂房的人是我父親，他都說這裡是『文庫旅館』，我一直以爲這就是旅館的名稱……」

喔喔！圓笑了起來。

「文庫旅館——因爲喜歡我們旅館的文庫和藏書，不少客人都這樣稱呼。其實眞正的名稱從以前到現在都是『凧屋』，凧屋旅館。」

奏志點點頭，從書架上抽出剛才想拿的那本書。書名《芥川龍之介讀本》，是一本厚重的精裝書。翻看版權頁，這本書出版於昭和十一年。當年的定價是一圓五十錢。這價格固然驚人，價格上方貼著一張薄紙，上面蓋著作者芥川龍之介與編輯室生犀星的印章，這才更令奏志驚訝，甚至有點激動。

「這眞的是他們本人的印章嗎？」他忍不住問一旁的圓。

「是的。從前有一種叫『著者檢印』的出版制度，蓋上作家本人的印章，是爲了確認出版冊數。」

圓還老實地補充說明，這是從祖母那裡聽來的知識。

奏志盯著版權頁，嘆了一口氣。雖然印章眞的是本人的，也不代表蓋印的是作者本人。即使如此，原本只在教科書上看過的文豪，此刻奏志眞實地感受到他也活生生地存在過。

「你喜歡芥川龍之介嗎？」

「算是吧，總覺得文豪很浪漫啊。我最喜歡的文豪小說是夏目漱石的《心》，只是這間文庫裡似乎沒有那本書。」

奏志隨口指出這點，圓露出抱歉的表情說：

「那眞是遺憾。這間文庫的藏書原本屬於曾祖父時代的一位姓海老澤的客人……」

「原來如此，想必是這位海老澤先生不太喜歡《心》吧。每個人對書的喜好本來就各不相同。」

圓點頭說「是啊」，忽然挺直背脊，看著奏志後方問：

「男孩們還在海邊嗎？」

他們出去時，似乎跟待在櫃檯的圓交談過。暗自希望四人沒有對圓表現得太失禮，奏志點點頭：

「對，還沒回來。也不讓我跟他們去。」

「畢竟是這個年紀的孩子嘛。」

圓呵呵一笑。帶著溫柔的笑容，她注視著奏志問：

「聽說他們是補習班的學生？」

「嗯，對。」

「都築先生是補習班老師啊，因爲你很年輕，我以爲你也是學生……」

「啊，不，我是學生喔。我還在讀大學，在補習班當老師只是打工。」

「原來是這樣。」

「是的，家父是補習班的班主任，我算是他僱用的員工。」

一雙黑色瞳仁特別大的眼睛望過來，圓專注地聽奏志說話。那模樣看上去與其說是在「聽」，更像在「吸收」什麼。奏志不知不覺傾訴起來。

「或許是因爲從小就在父親身邊看他工作吧，我很早就決定要當老師——國中老師，所以選擇就讀教育大學。可是，一旦像這樣帶學生們出來旅行，我忽然有點不確定了。」

「不確定？」

「不確定自己是否能勝任國中老師。畢竟，十五歲的孩子實在很麻煩啊。」

聽著奏志誠實地吐苦水，圓並沒有出聲附和，也沒有皺眉爲難，只是露出悠然的微笑。趁著兩人對話告一段落，她走向放在文庫內的花瓶，插起了花。留在原地的奏志拿起書翻閱。

他瀏覽目次，都是些讀過或雖然沒讀過但至少聽過標題的知名作品。書中還收錄了芥川龍之介本人、住過的家、死後的墓地，以及親筆原稿和書信等事物的照片，看來是一本大全集。

讀完編輯室生犀星撰寫的序文時，聽見圓客氣地說「不嫌棄的話……」，奏志朝她望去，只見圓站在花瓶旁邊，花瓶裡插著和櫃檯那邊一樣的花。串串黃色小花有如葡萄般的旌節花，花語是「謊言」。

「不嫌棄的話，這本書可以借你，退房時再歸還即可。」

奏志的視線落在目次上。圓抬起頭，在空氣中嗅聞了幾下。

「因爲這本書似乎正符合都築先生現在的需要。」

聽到圓平靜地如此斷定，奏志有些驚訝。事實上，剛才瀏覽目次時，其中一篇作品吸引了他的目光。那是他早就知道篇名，卻沒好好讀過內容的小說。聽了圓的這句話，奏志打算在這趟旅程中讀完這篇作品。正因和那四人待在一起，他現在格外想讀這篇作品。

「謝謝妳的推薦，那我就借回去了。」

說完，奏志闔起書本，愼重地將書抱在胸口。

*

在海邊玩得相當盡興，四人嚷著肚子餓，要求在洗澡前先吃晚餐。雖然比之前跟旅館方面說的時間早，圓依然笑著回應這個要求，沒過多久就來通知可以用餐了。抵達餐廳一看，所有人都發出歡呼。桌上擺滿菜肴，其中最醒目的是看似簡單但分量十足的厚實牛排。看來，這是特意配合十五歲和二十一歲食量旺盛的幾個大男生製作的菜單。

說完「開動」之後，幾乎沒人再說話，餐桌上只聽得到咀嚼聲。最早把飯菜吃光的是新之輔。他添了三碗白飯，把飯桶都清空了還說自己只有八分飽。

然而，當圓抱著一桶新的白飯過來，朝新之輔伸出手問「要不要再添一碗？」時，他卻語無倫次地說著藉口，從位子上站起來，走到餐廳外面去了。只見他小平頭底下的耳朵脹得通紅。

坐在奏志旁邊，正在吃甜點櫻花起士蛋糕的淳生低聲說：

「小新不是說圓小姐是他的本命嗎？這話搞不好是認眞的。」

奏志隨口敷衍「或許吧」，沒碰自己那份甜點，把盤子推到一邊。

「對了……」

盡可能想用自然的語氣，嘶啞的聲音卻漏了餡，奏志清了清喉嚨，喝兩口水，以只有兩人聽得到的音量接著說：

「你們四個，跟班主任之間發生了什麼事？」

「咦？」

淳生那對有著深深雙眼皮的眼睛睜得老大，又快速眨了幾下。盯著他上下掀動的長睫毛，奏志下定決心質問：

「去年秋天結束時，你們就開始逃避班主任了吧？不但完全不跟他說話，連他喊你們也不回應。因爲這件事沒有解決，國三大考前的特訓和往年由班主任帶隊的這趟畢業旅行，全都變成我這個打工講師的工作。」

淳生緊抿雙唇，動也不動一下嘴巴。看他的眼神就知道，他不是在猶豫要不要說，而是打定主意保持沉默。奏志換了打探的方式，改用勸說的語氣：

「班主任熱心教育，有時的確是挺煩人。關於這一點，身爲兒子的我也不得不承認。可是，從淳生你們四個還是小學生時，他就相當疼愛你們，你們也很黏他不是嗎？到底發生了什麼事，導致你們之間的關係惡化成這樣？」

淳生的視線飄了一下，落在奏志對面的柊矢身上——他正一邊看手機，一邊吃跟起士蛋糕一起送上來的香草冰淇淋。

奏志把話聲壓得更低：

「坦白說，現在的狀態我實在難以忍受。我們補習班只收國中生和小學生不是嗎？等你們上了高中，彼此就沒太多交集了。如果有什麼誤會，趁春假這段期間把話說清楚，對大家都比較好吧？」

「這是……不可能的，抱歉。」

淳生板著臉低下頭，不再看奏志，轉而跟柊矢搭話：

「柊矢，你吃完了嗎？等我一下，我還剩一口。」

才剛說完，淳生就端起盛著甜點的盤子，把起士蛋糕一口氣掃進嘴裡。他向奏志點個頭，從位子上起身，帶著柊矢特意走到廚房前，禮貌地向看似廚師的男人說「謝謝招待」，才走出餐廳。奏志選擇先問淳生，就是算準四人當中最有領袖氣質的他一定知道發生了什麼事，可惜他似乎也是口風最緊的一個。

聽見「嘖」的一聲，奏志朝坐在斜對面的彰成望去。一對上他的視線，彰成就不高興地噘起嘴說：

「那幾個傢伙就是沒常識。」

「常識？」

奏志不懂這話什麼意思，彰成輕蔑地看著他，聳了聳肩。

「正常來說，應該要等所有人都吃完才離席吧？」

「喔……」

彰成的盤子裡還剩下三分之一的牛排。難怪彰成身材比其他幾個夥伴都要瘦小，奏志忍不住說：

「要是太多你吃不完的話……」

「不多，這點東西我吃得完。」

彰成急切地大喊。見他露出羞恥的表情，奏志閉上嘴巴。十五歲男孩的自卑感形同地雷，不能隨便亂踩。正當尷尬的氣氛籠罩餐桌時，圓探出頭走過來。她身上的水藍色和服與朱色圍裙形成鮮明的對比。

「牛肉要不要再加熱一下？」

「麻煩妳了。」

彰成低著頭，奏志代替他把盤子遞給圓。圓恭敬接過盤子，走回廚房。斜眼目送她離開後，彰成才嘟噥著：

「小新每次都喜歡年紀大的女生。」

「每次……？喔，新之輔前一個『本命』是學校老師嗎？」

奏志慶幸可以轉移話題，順著彰成的話跟他聊。彰成點點頭，看著奏志，慢慢吐出那個老師的綽號「迷生」。

「除了小新，還有很多學生把那個三十幾歲的單身女老師當本命。」

「哦，迷生老師這麼受歡迎啊。」

無視奏志輕佻的語氣，彰成不屑地說：

「國中生都是笨蛋，看她外表可愛就輕易上當了。」

「怎麼說人家是笨蛋……」

「因爲那個女的是憑自己喜好決定綜合評價的分數啊。就算外表再可愛，身爲教師都不應該這麼做吧？讓這種人擔任升學指導老師的學校未免太蠢了。」

「可是，多虧這位迷生老師提高了綜合評價的分數，彰成你才能擊出逆轉滿壘全壘打吧？」

奏志這麼說，是想提醒彰成靠推甄上了第一志願的事。

果然不出所料，彰成一聽就臉色蒼白，沉默不語。過了一會，眼鏡底下那雙眼睛才露出挑釁的眼神，看著奏志說：

「試圖教導孩子什麼事的傢伙都不是好東西。」

「別擅自下這種定論。」

畢竟我也是其中之一啊。奏志開玩笑地補上這麼一句，內心卻不太平靜，感覺就像自己隱約察覺的不安被彰成看穿似的。

彰成觀察著奏志的反應，拿出手機說「不能怪我下這種定論」。鎖定螢幕的背景圖片是個有著獠牙般虎牙的可愛女生，大概是動漫角色吧。爲了不讓奏志看到這個女生，彰成遮起手機操作，出示相簿裡的一張照片。

照片中的景象雖然昏暗，仍看得出是一對男女站在娛樂區的街道上。照片看起來經過放大，畫質粗糙，但奏志一眼就認出男人是誰。皺巴巴的襯衫、頂上稀疏的頭髮和肚腩突出的中年體型，絕對是他熟悉的那個人。

「爸爸？」

奏志實在太驚訝，忘了在學生面前要稱父親爲「班主任」。此刻奏志不是「都築教室」的打工講師，而是以都築雅志兒子的身分發出驚呼。

「是啊。然後，這個人就是迷生。」

彰成壓抑情感，指著照片中雅志身邊的女人。因爲奏志從來沒見過她，光看照片也辨識不出長相。只是，從隨風飄逸的長髮和包裹在A字洋裝下柔美的肢體線條看來，這位迷生老師應該很有女人味。

「這是什麼時候的照片？爲什麼他們兩個會在一起？」

從傻傻低喃的奏志手中取回手機藏起，彰成冷笑著說：

「國三大考特訓前不久，大概是去年十一月左右吧。班主任和迷生從愛情賓館走出來時拍到的。」

「你說什麼？喂！他們眞的去了愛情賓館嗎？」

彰成似乎沒想到奏志會這麼激動，臉上掠過一絲後悔的神色。他別開視線，吐出一口氣說：

「是小新看到，拍了照片後跟我們說的。」

得知父親不僅被偷拍，照片還散播開來，奏志覺得自己快暈倒了。

「『我們』是指你們四個人嗎？」

「對，我們四個人有通訊軟體群組，小新在那裡面傳的。」

彰成不以爲意的語氣，令奏志十分不悅。看到奏志下意識握緊拳頭，彰成反而笑了。

「不管迷生要跟人搞婚外情或是被老男人包養，我都無所謂。反正之前我就覺得這女人無論身爲教師還是身爲一個人都爛透了。可是班主任這樣……我大受打擊。他雖然囉唆又不帥氣，可是很會教書，身爲一個人也值得尊敬。該怎麼說呢，我非常失望。果然試圖教導孩子什麼的人都不是好東西，我確信了這一點沒錯，大家應該也一樣吧。」

奏志終於明白爲何這群孩子會反抗雅志了。原先有多信任，現在就有多反感、多厭惡。時期聽起來也對得上。這麼說來，學生爲什麼抵制他，四人的態度爲何突然轉變，雅志自己內心應該有數。見奏志痛苦地甩了甩頭，彰成說：

「奏志老師，因爲你是班主任的兒子，我們原本打算直到最後都不告訴你的。淳生叫我們不要說。可是奏志老師擺明希望我們跟班主任和好，硬要介入這件事……」

看來剛才奏志和淳生的對話，彰成都聽見了。奏志爲自己的輕忽感到丟臉，耳朵一陣發燙。

「什麼都不知道還強出頭是我的錯，淳生一定也很傷腦筋吧。」

奏志說著「抱歉」低下頭時，圓恰巧端著熱好的牛肉回來。一看到她，奏志就想起晚餐前讀完的芥川龍之介小說。

「欸？奏志老師，你要走了嗎？我還沒吃完耶。」

看到奏志拉開椅子匆匆起身，彰成眼鏡底下露出不悅的神色。「抱歉，我有點事要處理。」這麼說著，奏志在面前豎起單手表示歉意。

除了彰成，奏志也想聽聽其他人的說法。有幾個人就有幾個眞相，這是從剛讀完的小說中學到的道理。今天他讀到這本小說，想必是——

「命中註定的某種緣分。」

心中這句話被說了出來，奏志睜大眼睛看著圓。然而，圓的視線卻落在彰成身上。只見她在彰成對面坐下，微微一笑，問道：

「等你吃完，可以教我數學嗎？」

「數學？」彰成微微提高語調。圓把和盤子一起拿來的報紙攤開。

「報紙上有必須使用國中數學解開的益智問題，我每次都想挑戰，但沒有一次解得開，請你幫幫我……」

看到圓難爲情地拜託的模樣，彰成整張臉都亮了起來。他一改剛才的態度，一邊大口吃肉，一邊得心應手地解起數學謎題。儘管他不是很會說明，圓仍專注聆聽。奏志向圓點頭致意，正打算離開時，背後傳來彰成的聲音。

「既然如此，奏志老師，乾脆揭穿一切吧。」

不明白這句話的意思，奏志回過頭，彰成卻埋頭解題，不再抬起視線。奏志無奈地踏出走廊，邊走邊想：圓怎麼會知道彰成擅長數學呢？如果只是碰運氣，這賭注未免太大膽了吧。畢竟，其他三人可是一聽到數學就會逃跑的類型。

奏志回到客房，沒看到新之輔。榻榻米上已鋪好五組被褥，淳生和柊矢趴在棉被上看電視。淳生說，他們打算等四人到齊後一起去泡露天溫泉。奏志問新之輔去哪裡了，柊矢回答五分鐘前新之輔的手機響起，他出去接電話了。才剛說完，柊矢自己的手機也響了，他卻沒有接起的意思。

「不接電話嗎？」奏志和淳生異口同聲地問，柊矢紅著臉低下頭。

「是我媽啦……所以……」

奏志望向廊台的窗戶，窗外已是一片漆黑。再過去就是大海，所以也不見燈火。海潮聲聽起來莫名響亮，奏志心中突然湧現一股和剛才不同的焦慮，腦袋裡接二連三浮現「國中生下落不明」、「國中生夜晚落海」等新聞標題。

「我去看一下新之輔的狀況，你們不可以離開房間喔。」

奏志又叮嚀了一句「絕對不可以」，淳生和柊矢只看了他一眼，眼神彷彿在說「真囉嗦」。在補習班奏志和他們只有短時間的相處，做的事也只是幫忙看功課，當個「好說話的老師」就行。可是，像這樣整天都在一起，必須負起監督的責任時，又是另一回事了。成爲國中老師後，學生們一定會經常用這種眼神看自己吧。奏志心想：我忍受得了嗎？這是我不惜忍受這些也想從事的職業嗎？他在疲倦的自問中走出房門，穿過大廳走向玄關時，背後傳來新之輔惡狠狠的聲音。

「就說我知道了，跟妳一起去總行了吧。」

奏志回頭，揉揉眼睛，就著壁燈柔和的光線，看見大廳窗邊有個高大的身影。話聲很快停下來，接著是猛力坐上沙發的聲音。新之輔獨自坐在沙發上，燈光下他的側臉似乎扭曲了。奏志喚了聲「新之輔」，慢慢走過去。

「奏志老師？」

「對，你講完電話了？」

新之輔急忙背對奏志，手掌用力摩擦臉頰。

「你聽到我說的話了？」

新之輔這麼問，轉過身來。他的臉頰通紅，看上去有點痛。那對小眼睛流露的目光顫抖，像是被追到無路可逃的老鼠。

「我只聽到『一起去總行了吧』。」

奏志老實回答，新之輔輕輕點頭。

「我爸媽快離婚了。我爸外遇被發現，我媽精神出了問題，變得有點病態，整個人不太妙……還說她不可能跟我爸復合了。」

「剛才跟你講電話的是你媽？」

「嗯，我怕離婚之後她自己一個人會變得愈來愈奇怪，所以打算跟著她……但她一下說生活費不夠，一下說不知道該搬去哪裡，租不到房子，每天都跟我抱怨這些煩人的事，到底想要我怎樣……」

「新之輔，你要搬走嗎？高中怎麼辦？」

「誰曉得？我這麼笨，以後肯定會過著窮日子，我媽又有病，大概不能上高中了。說不定我還沒入學就要先辦退學。」

新之輔低沉地笑著打哈哈，臉色卻很難看。奏志沉默地眨眼，在這種狀況下，只說些同情的話是不夠的。如果是父親，這時會對學生說什麼呢？他習慣性地冒出這個念頭，又趕緊打消。

「所以，奏志老師找我有什麼事？」

新之輔恢復平常吊兒郎當的口吻，奏志一時不知該說什麼才好。聽得出新之輔想轉換話題，奏志想起自己其實有事要問他。然而，奏志判斷現在不是做這件事的時候，只得含混帶過。

「喔，沒有啦，淳生他們在等你。你們不是要一起去泡露天溫泉嗎？」

新之輔似乎頗爲意外，一邊說「你就爲了這件事專程來叫我？」，一邊轉身走回房間。奏志無事可做，剛坐上大廳沙發，就聽見手機收到訊息的通知聲。奏志拿出自己的手機確認時，一陣穿著拖鞋的腳步聲急促接近，是新之輔握著手機跑回來了。和奏志四目交接的瞬間，他露出像是膽怯又像是慚愧的複雜神情。

「奏志老師，你果然有事找我嘛。」

「咦？」

「阿彰那個笨蛋，是不是給奏志老師看了？」

「喔，你是指那張照片嗎？」

剛才聽見的訊息通知聲，似乎是彰成在四人群組裡傳了什麼訊息。讀不出坐在沙發上的奏志情緒，新之輔尷尬地抓了抓那顆平頭。

「眞的只是碰巧啦。我陪我媽去做心理諮商，回程碰巧撞見而已。」

「他們兩人在一起是事實嗎？那張照片不是合成或捏造的？」

連最後一絲希望都落空，奏志愈說愈小聲。大概以爲奏志快哭了吧，新之輔討好地說：

「偷拍是我不對，可是看到迷生和班主任兩人獨處，又靠得那麼近，我眞的大受打擊，才會忍不住——」

「忍不住拍了照片，還在補習班夥伴的群組裡散播？」

奏志淡淡接話，新之輔急忙辯解：

「只有傳給他們三個而已，眞的。我沒有散播到其他地方，奏志老師，相信我啦。」

「我很想相信啊。」

奏志聳聳肩，從沙發上站起來。兩人幾乎差不多高，新之輔的體格甚至比奏志魁梧。要是打起架來，奏志未必會贏。

「可是，我爸……班主任和年輕女人從愛情賓館走出來這種事，也許是我身爲家人的偏袒，但總覺得他不可能這麼做。」

奏志無力地低喃，新之輔「啊」地輕呼一聲。

「那個……抱歉，是我說得太誇張了。」

「**誇張**？」

「嗯，我加油添醋了。其實我看到的，不是班主任和迷生從愛情賓館走出來，他們只是從卡拉OK店走出來而已。」

卡拉OK店？奏志反問，再次深深坐回沙發。

「換句話說，新之輔，你是把卡拉OK店謊稱爲愛情賓館，然後傳了照片給他們三人？」

「我沒說謊，只是說得誇張了點——不，沒錯，我是說謊了。可是，男女單獨待在卡拉ＯＫ包廂裡也夠有問題了吧？」

「我承認這種行爲有欠思慮，但如果地點其實是在卡拉ＯＫ店，不管是我還是其他三人，比起兩人在裡面做什麼，應該會先思考這兩人爲何待在一起吧？」

奏志壓抑著情緒，平板地這麼說，新之輔才終於察覺自己隨口「加油添醋」的事有多嚴重。像幼兒快哭出來時一樣皺起臉，他低下頭說「對不起」。

*

不想跟四人一起去大浴場——要是自己一起去的話，他們四人也會覺得尷尬吧——這麼想著，奏志讓新之輔先回去，自己暫且繼續坐在大廳的沙發上。

奏志察覺櫃檯有人，轉頭一看，原來是圓。住宿旅客的晚餐上齊，床也都鋪好了，她大概正在休息喘口氣。站在那裡的身影楚楚動人，奏志不禁看得入迷，圓也發現了。幸好圓並未介意，反而笑著走過來。

「剛才謝謝妳。」

奏志先爲剛才圓在餐廳陪彰成說話的事道謝。圓說「不不不，他幫了我大忙」，高興地報告了彰成順利解開數學謎題的事。

「他一下就解出來，頭腦眞的很好，而且晚餐也都吃光了。」

「沒想到那傢伙是這種容易得意忘形的類型啊。」

奏志感到意外，這麼嘀咕著。圓默默微笑，接著歪了歪頭，結起的髮髻在壁燈下散發光澤。

「你還好吧？」

「咦？」

「剛才在餐廳看你臉色有點差。」

原來圓不僅看出奏志的窘境，還刻意出手相助。暗自感嘆服務業可以做到這麼貼心，奏志彷彿被圓那對黑眼珠吸了進去。雖然在短短兩天一夜的旅行中發現了一個驚人的大地雷，但他總覺得只要和圓談談，或許內心會湧現處理這顆地雷的勇氣。

「請坐。」奏志請圓坐在對面的沙發，緩緩開口：

「妳知道芥川龍之介的〈竹林中〉嗎？」

「我知道，但沒讀過。」

圓坐在沙發上，爲自己沒讀過這篇作品而臉紅。那令人愛憐的模樣洗滌了奏志的心，讓他的語氣沒那麼拘謹了。

「其實我也是今天才終於仔細一讀。」

「所以，這篇作品收錄在你借的那本《芥川龍之介讀本》？」

「對，收錄在裡面。應該說，我本來就是爲了讀〈竹林中〉才借那本書。」

圓輕聲說「我想也是」。奏志露出意外的表情，圓微笑說明：

「人總會下意識地選擇和當下的自己有一樣氣味的書。」

「氣味……？也是啦，我現在的狀態確實是身處竹林中。」

奏志豁出去坦承，圓卻沒太大的反應。只是睜著一雙炯炯有神的雙眼，央求奏志告訴她小說內容。這個故事很短，又是被稱爲「文豪」的作家的作品，奏志原本勸她自己去看，最後還是拗不過她的請求。

「呃，〈竹林中〉的故事是這樣的，一個叫武弘的男人在山中遭到殺害。爲了解決這起案件，由平安時代相當於現代刑警的『檢非違使』向武弘身邊的相關人等問話，故事就以這種形式構成——結果，直到問完最後一個人，還是無法判斷凶手是誰。」

奏志坦承自己一開始以爲這是推理小說，一邊讀一邊想找出暗示凶手的線索。

「故事中出現馬、匕首、大刀、弓箭等疑似證物的東西，我甚至確認了不同證人提到的箭矢數量是否相同——不過，這些都是白費工夫。即使結合證物和證詞，依然無法釐清事實。感覺實在太不痛快了，我反覆重讀了好幾次。」

「啊，難道『眞相就在竹林中』這句俗語是這麼來的？」

「語源應該是這篇小說沒錯。」

聽奏志這麼一說，圓睜大眼睛頻頻點頭，接著又不經意地問：

「可是，都築先生已用自己的方式，在〈竹林中〉找到眞相了吧？」

「眞相嗎？有多少人就有多少眞相——或者說事實，我是這麼認爲的。」

反覆讀著這本書的時候浮上心頭，跟彰成及新之輔交談時也痛切感受到的這句話，奏志不假思索地脫口而出。

「姑且不管凶手是誰，若是按照順序看每個人的證詞，就會知道人類實在是很愛貼標籤的生物。」

「標籤？」

「就像網路上使用的『#』一樣。比方說，主要角色之一的武弘之妻，光是這個名叫眞砂的女人，在不同人的證詞中就被貼上了#剛烈女子、#菩薩般的女人、#魔性之女、#貞節賢淑的妻子、#身心受玷汙的悲哀女子、#沒血沒淚的惡魔等標籤。到了這種地步，總覺得從標籤裡未必就能找到眞實的樣貌……」

奏志說著，想起身爲教育界前輩，也是自己一直非常尊敬的父親雅志。他不禁思考和迷生在卡拉ＯＫ包廂中獨處的父親，又是被貼上了什麼標籤。

「這麼說來，搞不好從一開始〈竹林中〉就沒有凶手。」

面對圓這突如其來的假設，奏志錯愕不已。承受著奏志的目光，圓再次紅著臉，惶恐地說：

「不好意思，我連讀都沒讀過還大放厥詞。可是，我總覺得在都築先生話裡聞到這種氣味。」

「又是氣味嗎？」

「是啊。跟作品中出現的角色被貼上各種標籤一樣，芥川先生說不定也為作品本身動了吸引人貼標籤的手腳——我聞到這樣的氣味。」

受到圓獨特的解釋吸引，奏志在沙發上坐直身體，再度確認：

「換句話說，〈竹林中〉這篇小說本身就被貼上了無數的標籤？」

圓點點頭，神色已不再惶恐。隨著她的鼻翼翕張，語氣也更堅定。

「也可以說，有多少個讀者，對芥川先生的〈竹林中〉就有多少種解釋。」

#推理小說、#恐怖小說、#心理小說、#戀愛小說……奏志腦中浮現無數標籤，嘴上喃喃回應「的確」。事實上，每次重讀，他對作品本身都產生了不同看法。

「既然如此，有沒有凶手都無所謂吧。一個男人遭殺害的事實與周遭相關人士的證詞，這篇小說成立在讀者對此的解讀之上。芥川龍之介這位作家，寫出了這麼有深度的作品。」

聽著圓充滿敬意的感想，不知爲何，奏志彷彿受到了鼓勵。圓的這番話中，或許也包含了無數標籤。

奏志從沙發上起身，說道：

「這麼說來，或許竹林其實也不是竹林。」

「如果都築先生這麼認爲，那就是這樣了。」

獲得圓的認同，奏志決定暫時拿掉自己貼在雅志身上的標籤，也拿掉那四人組貼的所有標籤，發誓要用不帶任何偏見的眼光重新去看待父親。

＊

以爲是浪花聲，結果是溫泉水的滴落聲。奏志泡在溫泉裡，思考傳訊息質問雅志時該怎麼寫，泡著泡著就昏昏欲睡了。他刻意和那四人組錯開時間來大浴場，獨占寬敞的空間，感覺很舒服。全身散發跟平常不同的氣味，他心想這就是旅行啊。機會難得，他打開通往露天溫泉的門走出去。即使三月的海風冷得刺痛身體，只要趕快泡進溫泉裡就能忍受了。他掬起紅色的溫泉水，嗅到一點鐵的味道。

望著攀升到高處的小小月亮，奏志慢慢數到一百。「數到一百」這個基準，是從小一起洗澡時雅志定下的規矩。察覺這一點，奏志不由得對自己感到厭煩。都是二十一歲的人了，至今仍和雅志住在一起，受他扶養照顧。父親太偉大，奏志從未經歷明顯的叛逆期就成年了，潛意識似乎也受到父親影響。連想成爲教師，投身教育之路的決心，搞不好都不是出於自己的本意。這樣的自己，有可能光靠訊息裡的文字判斷父親的清白嗎？還是回家後當面跟雅志談比較好吧。這麼決定後，奏志從溫泉池裡起來淋浴。

回到脫衣間，不知何處傳來手機鈴聲，奏志檢查放在衣物籃裡自己的手機，螢幕畫面是黑的。在這當中，那聲音依然不停歇，奏志到處找尋聲音的來源。好不容易在放衣物籃的架子最右側下方的籃子深處，發現一支最新機種的智慧型手機，此時聲音正好也停了。

「是誰忘了拿嗎？」

奏志姑且將那支裝了黑色軟殼的手機放在洗手台上。除了住宿旅客，凧屋旅館的大浴場也開放給當天來回的遊客泡澡，或許該把這支手機送去櫃檯比較妥當。如果是那四個男生中的誰掉的，再叫他去櫃檯領就好。

擦乾身體、換上乾淨內衣褲時，大浴場的門開了，奏志急忙穿上印有「凧屋」字樣的旅館浴衣。與此同時，穿著籃球褲和長袖運動衫當睡衣的淳生和柊矢一起走進來。

「啊，奏志老師，你洗好啦？」

淳生一看到奏志就揮手打招呼，接著開始東張西望。緊跟在他背後的柊矢則是逃避著奏志的視線。

見淳生在放衣物籃的架子前一下站一下蹲的，奏志問：

「你是不是在找手機？」

「奏志老師，你有看到喔？」

奏志指著洗手台說「那裡」，淳生高興地跑過去。

「柊矢，太好了！」

淳生說著「拿去」，將手機遞給柊矢。柊矢沒仔細檢查就塞進籃球褲的口袋。

「原來那是柊矢的手機啊。」

「對，大家要連線打遊戲，柊矢才說『不知道掉在哪裡』，還一下就放棄說『算了』，所以我跟著來幫忙找。太好了，不用去海邊就找到了。」

與鬆了一口氣的淳生相反，柊矢顯得不太高興。

「那就這樣。」淳生轉身就要回房。在他的催促下，柊矢也朝門口走去。那單薄的背影看起來很不可靠，奏志不由得叫住他們。

「等等，我也一起回去。」

說著，奏志隨意把浴衣腰帶打個結，茶色和服外套披在肩上，再把溼毛巾和髒衣物丟進塑膠製的環保購物袋。淳生傻眼地說：

「奏志老師，看不出你這麼隨便。」

「是啊，光看我的外表，很多人都會貼上『神經質』的標籤。」

奏志若無其事地回答，和兩人一起掀開染有「湯」字的藍色門簾，步出走廊。

柊矢突然開口：

「班主任則是和外表不同，其實很神經質。雖然是父子，你們的個性卻完全不一樣。」

「喂，柊矢……」

淳生使了個眼色，柊矢仍用前所未有的堅定目光凝視奏志。受到他這股氣勢震懾，奏志點頭說「的確」，對兩人低下頭。

「班主任的行爲，令身爲考生的你們陷入混亂，造成困擾，眞的非常抱歉。我會去向班主任好好確認，是否有什麼原因，才會造成照片中的那種狀況。」

「我們聽小新說了，他們兩人是從卡拉ＯＫ店出來，不是愛情賓館。如果還有什麼誤會，也請告訴我們。得跟班主任道歉才行。」

一改剛才開玩笑的語氣，淳生換上認眞嚴肅的表情如此回答。奏志感到一陣安心，再次對兩人低下頭。

回到客房，淳生像什麼事都沒發生過似地加入其他人，柊矢也跟上去。沒有一個人在意奏志。

奏志拿起丟在棉被上的《芥川龍之介讀本》，再次走出房門。他姑且留下一句「我去一下文庫」，專心打遊戲的四人也不回應。

大廳櫃檯上放著一塊寫有聯絡方式的小板子，感覺不出裡面有人。大廳的照明也調到最低亮度。畢竟是小旅館，不像大飯店一樣二十四小時都有人當班。

沒看見圓，奏志覺得有點遺憾，穿過大廳往後走。意外的是，位於半地下樓層的文庫仍燈火通明。或許是爲了服務夜晚睡不著，想來這裡看看書的旅客。

外面的庭園點著燈，步下階梯往書架走時，往可望見庭園的窗戶一看，奏志感到有點奇怪。窗前的矮桌上，有一盞白天沒見過的提燈。他原本以爲在裡面搖曳的是火光，走近才發現是LED燈泡製造的效果。這盞提燈還發揮了紙鎮的作用，底下壓著一張便條紙。

不嫌棄的話，請用宵夜。

紙上以漂亮的筆跡這麼寫著。讀的時候，奏志彷彿聽見圓說這句話的聲音。看到放在提燈旁邊的紅色保溫瓶和木盤上個別包裝的餅乾，他不禁面露微笑。像是說著「睡不著的夜晚就讀書到天明吧」的這份心意令人感動。

奏志先把《芥川龍之介讀本》放回書架，想再找一本書來看。這時，傳來一陣下樓的輕盈腳步聲。

以爲來的人肯定是圓，奏志轉過頭才趕緊收斂臉上的表情。

握緊雙拳站在那裡的是柊矢。他似乎是跑過來，呼吸急促，大大的腦袋左右搖擺。奏志還來不及問「怎麼了」，他就搶先開口：

「剛才的手機……」

「喔，幸好找到了。」

「我是故意丟掉的。」

柊矢小聲卻清楚地說，奏志注視著他，心想得講些什麼才行，最後居然丟出一句滑稽的「那不是最新機種嗎」。

柊矢默默遞出手機。螢幕上顯示一整排的來電紀錄，幾乎有九成是來自「米持老師」。見奏志臉上寫滿問號，柊矢點點頭說：

「米持彌生老師，因爲她在班上老是一副迷惘苦惱的樣子，大家就叫她『迷生』老師了。我二年級和三年級的導師都是她。」

「你和導師現在也有往來嗎？」

奏志還沒問完，柊矢的眼眶就泛出淚水。奏志腦中警鈴大作。這麼說來，這趟短短的旅程中，確實好幾次看到柊矢不停滑手機。由於其他夥伴的嘲弄，奏志以爲跟他聯絡的都是溺愛獨生子的母親，但從這來電紀錄看來，事情似乎不是那樣。

「柊矢……你先坐下來吧。」

說著，奏志指向矮桌旁的沙發。圓準備的「宵夜」似乎派上用場了。

「我們喝茶聊聊。」

奏志先在沙發上坐下來，若無其事地抽掉提燈下的便條紙，塞進和服外套口袋。打開紅色保溫瓶的蓋子，飄出紅茶散發的花香，他將紅茶倒入沒有握把的杯子，再從木盤上拿兩片餅乾，跟茶杯一起放在柊矢面前。

爲了讓自己冷靜，奏志也喝一口紅茶。微微的香氣，帶點苦味的紅茶。接著，他又吃了一片餅乾。奶油香氣濃厚，鬆軟香甜的餅乾在口中化開。吃完餅乾後，他又想念起紅茶的淡淡苦澀，正要再喝一口紅茶，一直低著頭的柊矢忽然抬起頭，擦乾淚溼的臉頰說：

「升國三前的春假，因爲我國二的社會科一直都考不及格，米持老師特別幫我補習。由於是一對一，徹底教到我聽懂爲止，休息時間我們也會聊天——那時我覺得很開心。」

「那時你覺得很開心？」

奏志確認似地反問，柊矢抬起視線，重新思考後點點頭。

「嗯，那時我覺得很開心。老師不會取笑我，也不會打斷我的話，總是聽我把話說到最後。」

聽到柊矢這麼說，奏志就知道他其實無法接受平日夥伴的取笑。此外，柊矢也不是木訥的人，只是在說出口前，需要多一點時間整理思緒而已。

春假結束，補習也告一段落，柊矢和彌生交換了私人聯絡方式。彌生說如果有什麼不會的功課，隨時都可以問她。不過，後來總是彌生主動聯絡柊矢，而且非常頻繁。

「你有保留彼此通訊的紀錄嗎？」

「有的。」

柊矢讓奏志看自己的手機。通訊內容都是些平凡無奇的日常報告，因爲實在太日常了，反而給人一種異常的感覺。不管怎麼看，那都不像老師與學生的對話，簡直就像——

「就像一對戀人嘛。」

聽到奏志這麼說，柊矢的眼眶又泛淚，不過沒有流下來。

「她不止一次直接跟我說『喜歡你』，可是在我的眼中……老師就是老師，而且她年紀比我大太多了。」

「嗯。」

「她開始約我在校外見面後，我突然害怕起來。因爲老師無論講話方式或化妝打扮都和在學校不一樣。而且，只要我拒絕她的邀約，她就會哭著打電話來。」

「你沒跟家人或學校方面商量嗎？」

「彌生老師說，要是這件事被別人知道，她只能去死了。」

柊矢垂頭喪氣地說。奏志握緊拳頭，這根本就是最差勁的情緒勒索。就算她眞的這麼想，身爲教師也不應該對學生說這種話。更不該是三十多歲的成人女性對十幾歲國中生說的話。

「我漸漸覺得自己做了不好的事。擔心被淳生他們發現，我滿腦子都是這件事。雖然想請假不去上學，但米持老師是導師，只要請假她又會來聯絡。」

柊矢低聲說「我也好想死」。奏志試圖回想去年春天到夏天那段時期，柊矢在補習班的樣子，卻什麼都想不起來。他好想毆打自己的腦袋，到底都在注意學生哪裡啊。

「國三放暑假前，班主任把我叫出去，問我發生了什麼事。一開始我想掩飾，可是他不肯放過我。」

「啊，我懂，那個人有時候眞的滿煩的。」

奏志當然就不用說了，無論父母、學校老師還是朋友都沒察覺柊矢的變化，只有雅志發現不對勁，問出眞相。

「班主任很生氣吧？」

「對，他非常生氣。他說他會想辦法，叮囑我完全不要理會米持老師的聯絡，也不要接她的電話。」

柊矢遵照雅志的吩咐，對朋友和父母宣稱「要準備升學考」，收起手機不用，過了一段相安無事的日子。

「班主任直接去找米持老師談開了嗎？」

奏志這麼問，想起照片中的兩人。既然談話內容牽涉到柊矢的隱私，卡拉OK包廂確實是最適合的地點。用這種方式幫助學生才是自己認識的雅志會做的事。正當奏志感到安心時，柊矢卻以幾乎聽不見的音量說「我原本也是這麼認爲」。他用了過去式。

「所以，看到小新偷拍班主任和米持老師的照片，還散播奇怪的流言時，我對班主任感到十分抱歉。沒想到，班主任他……」

奏志緊張得屏氣凝神，柊矢沒有抑揚頓挫地說「他只是利用了我而已」。

「跟米持老師說知道她跟我的事情之後，班主任要求米持老師提高阿彰綜合評價的分數。」

「這不是……趁機要脅嗎？」

柊矢點頭說「是啊」，雙眼像塗上一層煤焦油般黯淡無光。奏志苦惱地想著「怎麼可能？爸爸怎麼會……」，一旁的柊矢捧起茶杯，一口氣喝光整杯紅茶。

「畢業後，米持老師傳訊息來，把她被班主任威脅的事告訴了我。我不敢相信，但阿彰提過，他的綜合評價分數奇蹟似地提高，正好足夠通過推甄，班主任和『都築教室』也都把這件事當成補習班成立以來的頭號成績，高興地大肆宣傳，於是我恍然大悟——啊，原來是這麼回事。」

奏志忍不住低頭說「對不起」。柊矢什麼都沒做錯，卻多次陷入絕望，被不可靠的大人一再背叛。居然讓他不止一次目睹這樣的地獄，奏志滿心歉意。身爲雅志的兒子，身爲大人的一分子，他實在太過意不去了。

柊矢默默撕開餅乾包裝，像松鼠一樣用門牙啃咬。

「最近這一週，米持老師又頻頻聯絡我。她說因爲我們已不是師生關係，答應班主任的事她也做到了。其實我本來不想參加旅行，更不想帶手機。要是被小新發現，他一定會告訴大家。到時，總是把我當成自己附屬物的淳生恐怕會對米持老師和班主任憤怒發狂。淳生一向認爲自己的正義絕對不容反駁，想必會把事情鬧大，說不定會害阿彰的入學資格被取消……」

「所以你才把手機丟在脫衣處嗎？」

柊矢冷靜地指出淳生性格偏頗的地方，奏志感到十分驚訝。只見柊矢的眼眶泛淚，繼續啃咬餅乾。

「大家一起打遊戲的時候，老師也不停傳訊息過來——我騙大家說是媽媽傳的，一直提心吊膽。」

柊矢的話就說到這裡，安靜的文庫裡只有暖氣的馬達聲迴響。

奏志想起「棒打竹林反驚動蛇，惹禍上身」這句俗諺，又轉念一想：不，這是把該擠的膿擠出來了。與此同時，柊矢提到當初和彌生的交流時說「那時我覺得很開心」，奏志也有點在意。彌生和柊矢之間到底發生過什麼事？奏志只聽到柊矢的片面之詞，該如何看待這件事，該爲這件事貼上什麼標籤，端看自己如何感受了。柊矢看上去比眾人以爲的還要理智，對周遭的人也觀察透徹。奏志甚至認爲，或許可以在他身上貼「把大人玩弄於股掌之間的小孩」的標籤。

柊矢忽然咳了起來，似乎是被餅乾屑嗆到。奏志急忙讓他喝保溫瓶倒出的紅茶，摩挲他單薄的背。等到柊矢不咳了，奏志才起身。

現在奏志終於能夠承認，自己從未眞心想要投身教育，也不認爲自己能成爲教育者。他會踏上這條路，只不過是想回應雅志的期待，順水推舟的結果。

可是，如今雅志的假象已崩壞，奏志內心仍希冀自己能成爲眼前這絕望孩子最低限度的光，也還想在教育這條路上找尋希望。就算柊矢有「#令人畏懼的孩子」這一面，奏志的心意也不會動搖，決定要和孩子們站在同一邊。到了這個地步還給自己貼新的標籤未免太諷刺，他嘲弄自己似地嘴角上揚。伸直發抖的膝蓋，用力踩穩雙腳，把大喊「假裝沒聽見吧」的心壓下去，他朝柊矢伸出手。

「柊矢，這趟旅行結束後，我們去報警。如果你對父母說不出口，我可以幫忙說明。」

咦？柊矢顯得不知所措。

「可是，事情鬧大的話……」

「不會給誰添麻煩的。因為，大家都是自作自受。」

「阿彰的高中的錄取資格說不定會被取消。」

奏志想起對自己說「奏志老師，乾脆揭穿一切吧」的彰成，也想起他意氣風發地幫圓解數學謎題時的模樣。

「彰成他大概……在看到米持老師和班主任那張照片時，就察覺其中有什麼蹊蹺了。只是，他沒辦法確認，想必一直很苦惱吧。就算是為了彰成，也應該釐清事實。畢竟他原本就有足夠的實力。」

「奏志老師，你不難受嗎？」

在柊矢的凝視下，奏志顫抖得更厲害了。雖然他會去聽雅志的說法，但最終應該會把父親交給警方吧。這很難受，老實說，他也會想逃避。可是，現下不是在柊矢、彰成或雅志個人身上貼標籤，而是必須爲這整件事貼上標籤，繼續往前走。所以，就算勉強自己，他都要保持笑容。

「嗯，各方面都挺不容易的。不過，我決定相信柊矢。」

柊矢咬著嘴唇思考了一會，忐忑不安地說：

「報警之後，我還能跟大家當朋友嗎？」

就算對其他三人有所不滿，柊矢似乎也不想跟他們分開。在柊矢的心中，一定還有許多像這樣的矛盾情感，形成了貼在他身上的種種標籤吧。

「如果柊矢希望那樣的話。」

奏志努力想出此刻最好的答案，柊矢終於重拾笑容。

*

隔天，看到來櫃檯辦理退房手續的奏志，圓的鼻子抽動了幾下。她穿著一襲富有光澤的奶油色和服，整個人就像今天溫暖的陽光。

「謝謝妳在文庫準備的宵夜，非常美味。」

「很高興能派上用場。」

圓寫著收據，一副完全不知道深夜茶會發生了什麼事的表情。打開拉門的聲音響起，那四人組等不及辦完退房手續，跑去外面了。奏志目光追隨著走在最後的柊矢背影，圓恭恭敬敬地遞上收據。

「住房費用結算如下，謝謝各位的惠顧。」

奏志拿起那張在領收人欄寫著「都築教室」的收據，依依不捨地凝視著圓。走出這棟沐浴在春陽下的旅館後，等在自己面前的，將是一片陰鬱的竹林，奏志不禁感到不安。回望奏志，圓拍了一下手說「對了」。

「最近這附近許多地方都在施工，如果有人要你們繞路，請朝光照過來的方向前進，車站就在那邊。那麼，路上請小心。」

圓這番話聽起來依然像是貼有許多標籤。奏志找尋落在竹林裡的光，朝各自出發的少年們走去。

第五冊

即使緊閉窗戶，冷氣強勁，停在庭園樹上的蟬聲依然清楚地傳入屋內。聽著「知了、知了」的蟬叫聲，圓感覺暑氣更盛了。

從兩週前開始，電視新聞每天都說是「今年最熱的一天」。正值八月盂蘭盆節假期的今天，日本某個城鎮似乎又更新了最高氣溫。圓收起吸塵器，拿手巾擦額頭與脖子上的汗水，走進櫃檯，打開後方通往辦公室的門。

伴隨著「鏘」的刺耳金屬聲，電視裡傳出一陣歡呼。她抬頭往吊在天花板下的電視一看，身穿棒球制服的少年正丟下球棒，往一壘狂奔。甲子園今年也展開了激烈的賽事。圓不經意地想起曾祖父清在世時，每到夏天，只要去他的房間玩，電視上播的都是甲子園球賽。

眼前把屁股靠在矮桌邊緣、抬頭看電視的人，令圓擔心得皺起眉頭。

「妳聽不清楚嗎？」

聽到圓不假修飾地問，那個肩頭肌肉結實、體格健壯的中年女人回過頭，做出「啊？」的口形。她是圓的父親丹家學的親姊姊直子。

「人家正值五十前後的芳華，怎麼就把我當耳不聰目不明的老人家啦？即使是我可愛的姪女也不准這麼說。」

劈里啪啦說了一大串，直子伸手把及肩的波浪鬈髮往後撥。見那霸氣十足的姿態一如往常，圓才總算鬆了一口氣。

「抱歉，因爲奶奶一開始也是耳朵聽不清楚嘛。」

「我沒有失智，放心吧。至少現在還沒。」

說著，直子拿起遙控器，把電視音量調小。

「剛剛妳在那邊用吸塵器，我聽不到電視的聲音啦。」

「啊，對喔，抱歉。」

圓難爲情地笑了起來。

「既然圓這麼勤奮打掃，今天應該有客人吧？」

「嗯，睽違三天。」

直子複誦了一次「睽違三天」，瞪大眼睛環顧辦公室。

「這旅館的生意不知能做到何時……哎，不過在我和學都放棄繼承時，應該就等於結束一半了吧。」

直子露出歉疚的表情，隨即抬頭挺胸改口說：「話說回來，多虧我和學各自從事其他行業，這裡的經營資金才有人出嘛。」

圓感到無地自容，低下頭說「謝謝姑姑」。接著，她又怯怯地抬起頭，自豪地說：

「今天上門的是再訪的客人。」

「哦，這麼中意我們旅館啊？要是對方能定期回訪就太好了，畢竟經營旅館靠的就是常客。」

沒有結婚、當了多年婦產科醫師的直子，有時會像這樣露出旅館女兒的一面，圓看著頗爲欣慰。直子住在離凧屋旅館十五分鐘左右的公寓，假日經常來探望三千子，也會充當旅館工作人員。比起住在紐約，一年頂多見一次面的父母，對圓來說，這位姑姑是更親近且可靠的存在。

直子雙手抱胸往後退，打量身穿藍色紗質和服、繫著牽牛花圖案腰帶的圓。圓猶豫著要不要告訴直子，這套和服與腰帶都繼承自三千子，就在這時，直子「嗯哼」了一聲。

「幸好圓妳長得像夕帆，妳們都是美女。要是長得像學就變成骷髏人了。」

「什麼骷髏人……直子姑姑好過分。」

圓皺眉抗議。無論五官或體型，圓和母親確實像是同一個模子印出來的。不過，身材瘦削卻總是如彈簧般活力十足，有著堅定眼神的父親的長相，圓也喜歡。

直子不爲所動，搓揉自己的雙臂說：

「我就跟爺爺長得很像，肌肉體質的胖子，長相也粗獷。年輕時常有人同情地說『妳媽長得那麼美，爸爸也是個俊男，怎麼會生出這樣的妳來，眞可憐』——昭和年代露骨的外貌至上主義可眞把我整慘了。」

圓笑不出來，歪著頭說：

「直子姑姑長得像爺爺的話，爸爸又是像誰呢？像奶奶嗎？」

「不像、不像，奶奶雖然不是那種引人注目的大美女，但她眼角下垂、臉頰豐潤，長得很可愛。至於學嘛——大概像某個祖先吧？」

直子毫不掩飾自己對這話題不感興趣，把從甲子園球賽暫時轉爲播報新聞的頻道，切換成另一頻道的午間娛樂新聞。

電視螢幕上映出一所學校的正門，校名、校舍和背景都打上了馬賽克。

「啊，圓，妳知道這則新聞嗎？」

「嗯……」圓不置可否地回應，不知直子是怎麼解讀的，隨口說明了起來：

「一個國中男生啊，跟學校女老師交往，結果被他的補習班班主任發現。沒想到，班主任拿這件事去威脅女老師，要她幫補習班的另一個學生提高校內綜合評價的分數。我們醫院裡都在討論整起案件中最壞的人到底是誰。」

「壞人指的是怎樣的人呢……」

圓低垂視線如此嘀咕，想起在男孩們面前隱藏自身的不安，拚命抬頭挺胸離去的都築奏志。其實她很想把遙控器搶過來關掉電視，最後還是忍住了。因爲她不希望挑動直子的好奇心。

國中男生A有自己的名字，身邊也有爲他著想的朋友和大人。他們全都有自己的名字。

——大家都是凧屋寶貴的客人。

圓沒發出聲音，只在心底這麼吶喊。直子拿起地方上工商會議所發的扇子搧風，笑著說「今年也很熱呢」。

三千子、悟，還有今天過來的直子，大家一起在主屋吃涼麵當午餐後，圓再度回到旅館櫃檯。直子今天不用去醫院値班，傍晚前都可以在這裡陪三千子他們。或許因此感到安心吧，圓比平常更早做好迎接住宿旅客的準備。

客人抵達的時間，圓大概都掌握得到。因爲每個人的氣味會隨海風飄過來。圓今天也把鼻尖朝上，抽動鼻子嗅聞。小時候，只要在其他人或客人面前這麼做，三千子就會斥責圓。如今圓已長大，知道這樣沒禮貌，會刻意提醒自己別這麼做。只是，有時聞到太刺激的氣味，鼻翼還是會不禁翕張。

引發圓如此強烈反應的客人，多半懷有不爲人知的煩惱。同時，凧屋旅館的文庫裡，也會出現和他們散發一樣氣味的書。圓對書的氣味太敏感，連一本都沒讀過，但能推薦客人閱讀與他們散發相同氣味的書。大部分的客人讀過那本書之後，懷抱的煩惱都能找到出口，並爲此感到開心。

看著那些客人讀了彷彿爲自己準備的書，無法長時間翻閱書的圓總是羨慕不已。於是，圓開始拜託客人分享書的內容與讀後感，希望藉此感受到那份因閱讀而充實的心情。

下午三點多，圓嗅聞到今天即將入住的旅客氣味了。跟上次來訪時的氣味完全不同，原先複雜交錯的氣味，經過大膽的去蕪存菁，變得清爽許多。事實上，這位客人上次住在凧屋旅館時，讀了川端康成的《女兒心》，不得不去面對自身刻意壓抑的「自我本質」。嗅聞到他今天的氣味，圓知道從那天起，他內心一定起了某種正面的變化。準備好重逢的寒暄話語，圓迫不及待地走向玄關。

來到玄關時，海風的風向改變了。圓挑了挑眉，聞到與剛才那位客人不同的氣味。這是她至今爲止嗅過最刺激的氣味，眼睛深處很快地發熱，淚水奪眶而出。圓趕緊從袖子裡拿出手帕，按壓眼角，在玄關跪坐下來。

幾乎是同時，直欄拉門發出聲響打了開來，圓翹首等待的客人出現在眼前。

「嗨，老闆娘，好久不見。」

今天的住客——永瀨葉介被太陽曬紅的臉上綻放笑容，像見到好久不見的朋友似地瞇起眼睛。圓還來不及開口打招呼，葉介又雙手合十，做出道歉的動作。

「當天才臨時說眞的很抱歉，能不能讓另一個人一起進我住的客房？啊，他不過夜，被褥和餐點都不用幫他準備。」

「這是……怎麼回事？」

圓站起來，強忍眼眶深處的刺痛感，睜大眼睛看著葉介。葉介不好意思地搔搔高挺的鼻梁，向後轉身。

「來一下。」

葉介隨口一喊，一位身材瘦削的老人跨過玄關門口走進來。老人頂著一頭足以用「生長茂盛」來形容的白髮，髮絲還不規則地亂翹。

「這是家父吳朗。」葉介如此介紹。吳朗看也不看圓一眼，只是指著拉門外說：

「車子可以停在那道門旁邊吧？」

仔細一看，門邊停著一輛白色小箱形車，車身上印著「永瀨鎖行」。注意到圓的視線，葉介聳了聳肩。

「我請老爸開車載我來，這樣看來，還眞像鎖匠上門了。」

「不是『還眞像』，那就是鎖匠的車。」

吳朗這麼說，笑也不笑一下。相對地，圓努力微笑回答「車子停在那邊沒問題」。只要吳朗開口說話或身體動一下，氣味就會更濃烈，圓整個鼻子都塞住了。

看到圓生硬的應對，葉介似乎誤會了什麼，難爲情地低下頭，急忙解釋起來：

「他年紀雖然大，但不是我的祖父，是我老爸。我們長得不像，因爲我像媽媽。今天她原本也說要來，眞的很傷腦筋。幸好要顧店，她才打消念頭。啊，我媽經營一家卡拉OK酒吧。」

彷彿完全沒聽見葉介語無倫次地介紹家人，吳朗站在那裡，表情絲毫不爲所動。並非盛氣凌人，但也沒擺出好臉色。只是，那不時轉動一雙大眼環顧旅館內部的表情與細微的動作，給圓一種不可思議的親近感。

「歡迎您自由進出永瀨先生的客房，想過夜也沒問題。如果想睡不同房間，這邊會按照您的希望再準備一間客房，餐點和被褥都足夠。」

對於葉介剛才的提問，圓面向吳朗給出回應。她正想轉身走回櫃檯時，背後傳來低沉的聲音。

「聽說這旅館有個文庫？」

圓心想「他的聲音和葉介也不太像」，轉過身，點頭回答「是的」。無視葉介的勸阻，吳朗沒有停下動作。只見他打開帆布斜背包，取出一冊文庫本。圓發出短促的呻吟，終於明白爲何這位客人身上散發非比尋常的強烈氣味。

一股刺激的氣味竄入鼻腔，圓想盡辦法忍住，才總算沒當場露出醜態，唯獨淚水不受控地奪眶而出。

「老闆娘，妳怎麼了？」

圓不斷流下淚水，只能用號啕大哭來形容，看得吳朗瞠目結舌。看到這樣的圓，再怎麼鎮定的人也難免吃驚吧。圓拿手帕按壓眼角，向兩人道歉。

「這冊文庫本……是小說嗎？」

圓這麼問，葉介大概終於想起她擁有特殊嗅覺了吧，匆匆跑到吳朗身邊，要他把書放回背包裡。

「書收起來，趕快。」

「爲什麼？早點把事情辦完不是比較好嗎？我又不在這裡過夜。」

「老闆娘對書過敏啦。」

吳朗不禁睜大雙眼，再次露出摻雜困惑與懷疑的眼神，打量著圓。

「對書過敏……過敏原是紙嗎？還是油墨？」

吳朗這麼問，葉介不耐煩地回答「全部」，對圓低下頭說：

「不好意思，連入住登記都還沒辦完就造成困擾。」

葉介瞥向吳朗，確認他把書收進帆布包後才率先朝櫃檯走。圓急忙跟上，站在他的旁邊。

「我才不好意思，嚇到令尊了。那本書是……？」

「喔，我家也有海老澤文庫的書，他說想捐贈給這邊的文庫，就拿來了。」

「海老澤文庫的書？在永瀨先生您的家裡嗎？」

「對，夏目漱石的《心》，春陽堂文庫的版本，昭和十四年第十刷。」

「《心》……」

圓凝望半空，喃喃低語。是之前都築奏志說「文庫裡沒有」的那本書。

「怎麼知道那是海老澤文庫的書呢？」

「版權頁蓋有藏書印，我想那原本應該是這裡的書。」

葉介若無其事地這麼說，還把自己學生時代就在吳朗書架上找到這本舊書，因此看過海老澤藏書印的事告訴圓。所以，上次來爪屋旅館的時候，發現文庫裡的書全都蓋著相同的藏書印，葉介感到很驚訝。

「話雖如此，我對『海老澤』這名字和藏書印的事都不是記得非常清楚，上次來的時候心情也不太平靜，所以沒告訴老闆娘就回去了。」

葉介不好意思地解釋，接著說上次旅行回家後，他馬上就去確認，家中的書果然蓋著和海老澤文庫相同的藏書印。

他取出這本書，想著如果有機會再訪爪屋旅館，就能和老闆娘聊這個話題了。當時，葉介只是抱持這種輕鬆的心情。

「我以爲家裡這本《心》是老爸在舊書店買的。」

「難道不是嗎？」

圓這麼問，葉介搔搔鼻梁，轉向正面玄關。只見吳朗連鞋子都沒脫，仍站在那裡。葉介粗魯地招手，他才走過來。

「對，我問了老爸，他說是祖父的遺物。」

圓眨了眨眼，疑惑地問「這意思是……？」，葉介接過話：

「這意思是，老爸的父親就是海老澤吳一。」

「海老澤……吳一先生。」

圓只聽聞贈書的常客姓海老澤，並不知道名字。她的父母和祖父母恐怕也不知道。葉介拿起大廳櫃檯上印有旅館名稱的筆記本，翻開寫下姓名的漢字。拿著那張紙看了半天，圓才終於反應過來，臉頰頓時一熱。

「好厲害！這麼說來，永瀨先生，您就是海老澤吳一先生的孫子。」

「就是這樣！我上次來凧屋住宿時根本不知情，還讀了海老澤文庫裡的書，世上有這種巧合嗎？」

「眞是驚人的緣分。」

興高采烈的兩人背後，吳朗板著臉說：

「我只和海老澤吳一一起生活過短短幾年。對於這個拋妻棄子、擅自尋死的人，我沒什麼感情，也不認爲他是我的父親。」

聽到吳朗沉聲如此說道，圓和葉介都有些垂頭喪氣。葉介換上受寵兒子的表情，噘著嘴說「可是……」。

「海老澤吳一的書一直都在老爸你的書架上，這不就表示你很珍惜嗎？」

「我只是把這本書當成母親的遺物罷了。這本書又破又髒，老實說我根本不知該拿它怎麼辦，這家旅館要是願意接手，沒有比這更值得感謝的事。」

葉介的視線從幾乎毫無表情的吳朗臉上移回圓的身上，輕輕搖頭說：

「這就是老爸跟著獨旅的我跑來的原因。」

「事情辦完我馬上回去，不會打擾兒子渡假。」

吳朗這麼說，事實上應該也打算這麼做。只見他又把手伸進包包，像是立刻就想把書拿出來。

圓走進櫃檯，拿出入住登記簿請葉介塡寫。她提醒自己不要抽動鼻子嗅聞，向雖然沒有書的氣味那麼重，但也散發相同氣味的吳朗微笑：

「對了，吳朗先生讀過這本《心》嗎？」

「沒有耶，這種舊書的假名用法跟現代不同，不太容易讀。」

圓小心留意著避免露出失望的表情，再開朗地說：

「不是有句話說『一期一會』嗎？今天這麼熱，您又難得到這裡來，不如先在涼爽的客房裡休息一下，等太陽小一點再回去。我立即爲您送上冰茶。」

在圓的盛情邀請下，吳朗只好不太自在地重新揹好背包。

＊

將冰茶和涼粉送到葉介他們住的「青房」後，圓隨即跑回主屋。

「圓，妳怎麼了？忘了拿東西？」

正在老家放鬆休息的直子，端著裝有果凍的容器走出來。

「奶奶……和爺爺在嗎？」

「在喔。」屋裡傳出悟的回應。圓脫下木屐，從直子身邊跑過，踏上昏暗的走廊。她掀起珠簾走進去，只見小廚房深處的餐桌旁，悟和三千子正在吃果凍。不，嚴格來說，是悟在餵像嬰兒一樣穿著紙圍兜的三千子吃果凍。

悟不忙不慌地望向跑得上氣不接下氣的圓，那雙弦月般細細彎彎的眼睛，看上去永遠都在笑，令圓感到安心。

「爺爺，今天的客人，是跟我們家淵源深厚的海老澤先生的兒子和孫子！」

「妳說的海老澤，是海老澤文庫的那個海老澤嗎？可是，預約時的名字不是——」

悟話說到一半就打住，轉頭確認一旁三千子的反應。

「預約的是永瀨先生。他們兩位與海老澤先生之間似乎沒有太多共同回憶。」

「什麼意思？海老澤先生難道從家人面前失蹤了嗎？」

直子以看八卦新聞的態度好奇地追問。圓沒理會她的問題，繼續對悟說：

「他們帶了一本蓋有藏書印的書到文庫來。」

「特地帶來的嗎？那還眞是感謝。」

「海老澤先生的兒子說他不過夜，馬上就要回去了。我想說，能不能請爺爺以凧屋老闆的身分去打個招呼，可以的話，請奶奶——不，請老闆娘也一起。」

即使圓、悟和直子三人的視線集中在自己身上，三千子仍維持一樣的表情，不說一句話。悟代替她微笑點頭：

「我看看情況，盡可能帶老闆娘過去。」

「麻煩爺爺了。」

圓低頭道謝，轉身回旅館。

回到旅館玄關，圓正準備脫木屐，《心》的氣味又襲來。她連續打了三個噴嚏，只好用衣袖遮住口鼻，一邊走一邊找尋氣味的來源。沿著正面玄關、櫃檯、大廳的順序往後面走，氣味愈來愈強烈。擦掉眼角滲出的淚水，圓走下文庫所在的半地下樓層。

一如圓的預測，吳朗就在那裡。在這個書本環繞的微暗空間中，他的穿著打扮和來時一樣。雖然他急忙把手上的《心》往背後藏，但也察覺圓已看見，拿著書的手無力地垂下。

「不好意思，我擅自跑進來。」

「不會，這裡本來就是讓客人自由使用的文庫。」

聽圓這麼說，吳朗點點頭，緩緩環顧四周的書架。

「這些全都是海老澤的書？」

「是的。很驚人吧？只可惜我無法讀。」

「無法讀……喔，因爲妳對書過敏。」

吳朗仍是一副不太相信的表情，雙手交抱說：

「居然爲海老澤的書打造了這麼氣派的文庫。」

那語氣既像在感嘆也像在嘲弄，圓有些介意。然而一聞到吳朗手上書的氣味，她又被刺激得嗆咳起來。

「失禮了。」圓邊咳邊道歉。吳朗看著圓，抓了抓一頭茂密蓬鬆的白髮說：

「老闆娘，妳是不是不要在這麼多書的地方待太久比較好？」

「沒關係，請別擔心我……還有，其實我的頭銜是小老闆娘，爪屋旅館的老闆娘是我的祖母……」

圓這麼訂正時，其實沒想太多，吳朗卻臉色大變，驚訝地反問「祖母？」。只見他握緊背包的揹帶，心不在焉地東張西望。

「幾歲了？」

「咦……」

聽到吳朗理所當然打聽女性的年齡，圓掩不住困惑，一時之間答不出來。吳朗以為圓沒聽懂他的意思，著急地跺腳問：

「我是問老闆娘的年齡。」

「今年七十三歲了。」

「小我三歲啊……」

他似乎在與自己的年紀比較。圓想起葉介提過父親常被人誤認為祖父的事，不禁有點心酸。相較之下，吳朗本身的情緒似乎沒有太大起伏，隨即拋出下一個問題。

「老闆娘叫什麼名字？」

「丹家三千子。數字的三千，孩子的子。我叫丹家圓，圓周率的圓。」

圓告知祖母的姓名，順便自我介紹。吳朗只重複了一次祖母的名字「三千子」。察覺圓疑惑的視線，他急忙遞出手上的書。瞬間，鼻腔深處受到氣味刺激，圓身不由得後退。

吳朗露出些微不悅的表情，晃了晃手中的書。

「既然有文庫，妳就在這裡收下這本書，直接放上書架吧。」

圓看著眼前的書和吳朗，搶在嗆咳出來之前開口：

「那麼，我帶您到夏目先生的書架，請您親手放上去。」

「夏目……先生？」

圓說著「這邊請」，像巴士導遊一樣舉起手，朝放有夏目漱石作品的書架前進。以《我是貓》、《少爺》爲首，包括《三四郎》、《從此之後》、《門》、《虞美人草》、《彼岸過迄》、《行人》等幾乎所有著作都擺在上面，和其他作家相比，這一區占的空間特別大。

「海老澤先生一定很欣賞夏目漱這位作家吧。」

「誰知道。」

吳朗冷淡地別過頭。圓拿他一點辦法也沒有，仍不放棄地繼續說：

「之前也有來住宿的旅客指出，我們文庫裡夏目先生這區沒有後期三部作的最後一部

《心》，所以我一直惦記著這件事，暗暗想著：爲什麼只少了《心》呢？《心》是一部怎樣的小說？」

「妳這位老闆娘還眞是清閒啊……不，妳是小老闆娘。」

「看到海老澤先生的藏書只有一本《心》留在家裡，吳朗先生不覺得奇怪嗎？」

吳朗的視線轉向窗外，簡短回答「沒什麼特別的想法」。說完，他又揚起一邊嘴角笑了笑。

「小老闆娘……不，該不會丹家一族都以爲這裡所有海老澤吳一的書，都是他出於善意捐贈的吧？」

「是的，我的曾祖父清是這麼說的。」

「原來如此，說出這種話我也覺得很抱歉，但妳的曾祖父是個大騙子。」

「大騙子」這個嚴重指控，加上吳朗不屑的語氣，令圓倒抽了一口氣，背上流倘黏膩的汗水。即使如此，她仍努力抬頭挺胸，追問：

「爲什麼說他騙人呢？」

「海老澤吳一在三十二歲時選擇自我了結生命。原本在他任性自私地決定離婚後，前妻和兒子就只能靠他寄來的一點錢生活。而他死後留給兩人的，只有宛如一座小山的藏書，和『要爪屋旅館老闆丹家清買下這些書』的遺言。」

原本望著窗外的吳朗，慢慢朝圓轉過身。

「所以，把這個房間裡收藏的大量舊書送來爪屋的，正是我的母親。那不是出於善意的捐贈，是爲了存活而進行的交易。聽我母親說，妳的曾祖父用她開的價買下全部的書。」

「買下……」

「對。儘管是在戰爭中吃同一鍋飯的同袍，這位爪屋老闆不知是人太好還是無可救藥的大善人，不然就是錢太多。當時，我母親很驚訝他願意出錢買下這些書。」

「原來我的曾祖父和海老澤先生是戰友嗎？」

圓第一次聽說關於清的這件事，不由得傾身向前。

「聽說他們是海軍同期，一起在雷伊泰灣海戰中生還，詳情我也不清楚。」

吳朗不願深入談論這個話題，隔了一會才又說：

「多虧有那筆錢，我總算能勉強讀完高中。在這層意義上，妳的曾祖父或許該算是我的恩人。」

吳朗把自己帶來的書塞進放滿夏目漱石著作的書架。圓凝視書背上斑駁不清的書名《心》，歪著頭說：

「爲什麼那時令堂沒有連這本《心》一起賣掉呢？」

吳朗隨著圓的視線一起凝視書背，嘆口氣說：

「這本書是在海老澤最後住的公寓裡找到的，就在他的遺體旁邊。其他藏書跟我和母親一樣被他拋棄在家中。他離開時只帶走這本書。」

「想必這是海老澤先生特別喜歡的書。」

「母親也這麼想，或許她認爲只要讀了這本書，就能理解直到最後都不明白的前夫內心之謎，才一直把書留在手邊吧。」

窗外的蟬又叫了起來。草地在白亮的陽光照射下閃閃發光。

「顧及母親的這份心情，我至今仍保管著這本書——直到聽葉介提起這家旅館的事，我認爲是個好時機。若是能被收藏在這個文庫的書架上，這本書也會感到欣慰吧。」

所以，麻煩妳了。吳朗低頭這麼說，轉身就要離開。圓趕緊叫住他。

「這本書會不會其實希望吳朗先生在放手前好好讀它一次呢？」

吳朗緊握斜背包的揹帶，慢慢轉過頭來。他揚起一邊嘴角，露出嘲弄的笑容：

「對書過敏、無法讀書的小老闆娘，居然能理解書的想法啊？」

「不……說得正確一點，我不是理解書的想法，而是能嗅出讀過這本書的人、寫了這本書的人，或這本書中包含的各種人的心情。」

圓正面回應，決定說出眞實的想法。強忍著打噴嚏的衝動，她把剛才吳朗放上書架的

《心》又抽了出來。

「這本《心》恐怕是海老澤先生的——」

「別說了，眞愚蠢。我對靈異說法沒有興趣。」

輕蔑地說完，吳朗踏上階梯。此時，上方出現一道人影，是葉介。

「搞什麼，老爸你在文庫啊，還以爲你趁我睡午覺的時候跑回去了。」

絲毫沒察覺圓和吳朗之間緊張的氣氛，葉介搔搔睡得亂翹的頭髮，一臉悠哉地笑道。

吳朗推開他，兀自踏上階梯。

「我正要回去。」

丟下反應不過來的圓和葉介，吳朗快步走向玄關。

「等一下！」

葉介叫喊著追過去。圓也抱著那本氣味刺鼻的文庫本跟上。

吳朗的手還沒碰到玄關拉門，門就打開了。吳朗詫異地後退，出現在門外的人是直子。直子也嚇得睜大眼睛，差點岔開雙腿擋在門口，隨即深深低頭鞠躬。

「非常抱歉。」

「直子姑姑，怎麼了？啊，這是我姑姑。」

在自家人面前不禁用了比較隨意的語氣，圓急忙向吳朗父子介紹直子。直子也堆出禮貌的笑容點頭致意，衝到圓身邊低聲說：

「爸爸說他今天沒辦法來招呼客人，可是『難得有這個機會，想請海老澤先生的家人看看海老澤先生住在宿凧屋旅館時期的照片』，於是跟媽媽一起在壁櫥裡東翻西找——結果找到了。」

「找到什麼？」

「打不開的保險箱。」

「咦，保險箱？」葉介好奇地高聲發問。直子的嗓門本來就大，說的話似乎全被葉介聽見了。帶著乾脆豁出去的表情，直子轉向葉介，聳了聳肩說：

「是『打不開的』保險箱。雖然裝了一個圓筒鎖，但已變形，好像還有什麼碎屑掉進鎖孔，鑰匙沒辦法插到底。轉盤式的密碼鎖也鎖上了，無法打開。」

「爺爺或奶奶不知道密碼嗎？」

圓這麼問，直子搖搖頭。

「爸爸說他不知道，他甚至是第一次看到那個保險箱，而且根本沒聽說過有那樣的東西。至於媽媽——看她的狀態恐怕問不出什麼。」

這倒也是。圓正準備放棄時，直子又對她說：

「可是，保險箱上放著一張便條紙……」

接著，直子在胸前攤開那張奶油色便條紙，讓在場所有人都能看清上面寫的文字。

想打開保險箱時，叫圓來就可以了。開鎖所需的密碼，我已告訴那孩子。

清

無視便條紙上的格線，一勾一撇都蒼勁有力的字跡躍然紙上。圓心想，這可能是自己第一次看到清的親筆字跡。文句簡單明瞭，意思卻莫名其妙。

「所需的密碼？我不記得自己聽過什麼密碼。追根究底，我連大爺爺留下保險箱的事都不知道。」

圓難掩困惑。直子喃喃自語「那麼，果然還是跟這個有關嗎」，從洋裝大大的口袋裡拿出一冊老舊的文庫本。

圓聽見身旁吳朗呑口水的聲音。

「原本以爲只是用來壓住這張便條紙的……或許有什麼關聯？」

直子這麼問，圓一時無法回答。她只好轉向直子，讓直子看自己從文庫帶出來的那冊有海老澤藏書印的文庫本。

「咦，有兩本夏目漱石的《心》？」

直子不明就裡，頓時瞪大雙眼。葉介探頭過來比較兩本書，快速翻閱後對圓說：

「兩本都是春陽堂文庫版，出版年分雖然不一樣，但確實是相同的書。」

「大爺爺和海老澤先生一樣，始終把《心》帶在身邊，並在過世後留下這本書給家人……」

圓喃喃自語，又不禁狐疑挑眉，指著直子手上的《心》問：

「直子姑姑，這本書可以暫時交給我嗎？」

「可以啊，這張便條紙也給妳，妳要努力想出密碼，把保險箱打開喔。」

「我可能沒辦法打開保險箱。就算知道密碼，也打不開這個圓筒鎖。」

「開鎖的事交給我老爸就行了。」

一旁的葉介插話，吳朗頓時瞪大雙眼。葉介若無其事地對吳朗說：

「有什麼關係，就當答謝人家接收了這本書。況且，雖然不知是故意還是巧合，那可是上面放著《心》的保險箱，你不會好奇裡面裝著什麼嗎？」

「別插手別人家的隱私。」

吳朗的斥責聲左耳進右耳出，葉介笑著轉向圓與直子。

「我老爸是有六十年經驗的鎖匠，技術高超。」

「哎呀，大門旁停的那輛印著『永瀨鎖行』的白色小箱形車，就是客人的車嗎？太巧了吧，發現打不開的保險箱當天，有六十年經驗、且與海老澤先生有血緣關係的客人住在我們旅館，簡直像是命中註定。」

「正確來說，我只有五十八年的經驗。」

吳朗板著臉訂正，要葉介去車上拿開鎖工具來。接著，他一臉嚴肅地轉向圓：

「小犬說的沒錯，是我把自己不要的東西硬塞給貴旅館，應該要答謝才對。我會盡力試試。」

「那就麻煩您了。」

直子比圓更快低頭行禮。

*

吳朗似乎陷入了苦戰。太陽下山前，葉介跑來櫃檯偷偷說「我爸可能還是得住下來」。

圓送兩人份的晚餐過去時，長桌上擺著直子拿來的黑色金屬保險箱，榻榻米上則散落著各式開鎖工具，吳朗正專心地對付箱上的圓筒鎖。他戴著類似潛水鏡的護目鏡，原本就給人深刻印象的大眼睛顯得更大，目光更有魄力。

坐在廊台的高腳椅上、百無聊賴地看著海的葉介站起來，對吳朗說「吃飯了」，吳朗卻頭也不抬一下。

「那我先準備葉介先生這一份。」

說著，圓在廊台上的桌椅旁準備一人份的餐點。

柚子醋涼拌鰹魚與茄子、甜蝦押壽司、烤牛肉、旗魚半敲燒、櫛瓜與甜椒沙拉……小小的桌子上擺滿菜肴。

葉介發出歡呼，大口咬下押壽司。圓不假思索地問：

「請問……你今天晚上有空嗎？」

「咦？」

葉介差點噎住，圓趕緊遞上茶水，急忙解釋：

「想請你念那本《心》給我聽。」

「咦？啊，書？懂了、懂了，是要我朗讀吧？」

「拜託客人這種事真的很厚臉皮，非常抱歉。」

圓低下頭，頭頂上傳來葉介的爽朗話聲「噢，嚇了我一跳」。接著，他輕鬆地回答：

「可以啊，正好我也想讀一讀這本書，說不定能在書裡找到密碼鎖的提示。那就看老闆娘妳幾點方便，我們約在文庫碰面吧。」

圓鬆了一口氣，向葉介道謝。葉介朝吳朗背影瞥了一眼，低聲說：

「其實，這個暑假我本來計畫去美國。」

「去找北村先生和萩原小姐嗎？」

圓跟著低聲問。上次和葉介一起來凧屋旅館的那兩人的名字和長相，她一下就想起來了，也記得他們寫在登記簿上的名字——雄高與愛夢。老實說，這次一看到葉介，圓就不禁好奇葉介對雄高抱持的情感，以及三人之間的關係，不知產生了什麼變化。

對上圓的視線，葉介一邊把熱茶吹涼一邊點頭。

「日本和美國離得太遠了，很難找到雙方可以一起遊玩的時間。他們等了我幾次，我也等了他們幾次，終於決定今年夏天就衝吧，沒想到——愛夢懷孕了。啊，當然是雄高的孩子。」

喝一口茶，又喊了一聲「燙」，葉介整張臉都皺在一起。圓別開視線，只輕聲說了句「這樣啊」。

「他們兩人討論了很久，似乎決定要結婚了。現在愛夢害喜嚴重，婚禮又打算在美國舉行，雄高說不然到時候再慢慢聊吧——我今年夏天的計畫就這麼取消了。不過，懷孕和結婚都是喜事，也沒辦法。」

「婚禮呢？」

「他們邀我參加的話，我就會去。雖然還不知道新郎和新娘走到眼前時我會有什麼感覺，但現在我只想親口對雄高和愛夢說聲『恭喜』。」

葉介靜靜地說完，又半開玩笑地補上一句「就算一般而言不算正常，但這就是我的正常」。

「很棒。」

圓微微一笑，葉介也笑逐顏開。

「總之，能在這時候來爪屋旅館也不錯。畢竟，我和父親獨處交談的機會不是那麼多。」

葉介望向吳朗。察覺他的眼神中帶有對父親的體恤，圓頗爲欣慰，也有些傷感。

結束一天的工作後，圓將悟買回來的檸檬蛋糕放上盤子，跟保溫壺裡的美式咖啡及杯子一起用托盤端進文庫。

穿著浴衣的葉介在約好的時間出現，他似乎剛泡過溫泉，頭髮還有點溼。

「哎呀，是夜晚的茶會。」

看他開心地笑，圓也高興起來，決定先不去想檸檬蛋糕用了多少糖。

圓將帶來的兩冊文庫本放在木頭矮桌上，將冒著熱氣的美式咖啡倒進杯中。葉介一邊把盛著檸檬蛋糕的盤子擺好，一邊問：

「相同的書，氣味也相同嗎？」

圓歪了歪頭，發現自己沒想過這個問題。海老澤那本《心》的氣味太強烈，她沒好好聞過清留下的那本《心》。

「請稍等一下。」

圓拿起清的那本，走到離海老澤那本很遠的文庫角落，鼻子才湊近書。「咦？」她的鼻子再度靠近書，不顧一切地深深吸氣。

「如何？」

「大爺爺……不，曾祖父這本沒有味道。」

「沒有味道？」

葉介這麼反問，圓又不太肯定了。她乾脆豁出去翻開書，讀起上面的文字。一頁、兩頁、三頁……繼續往下讀她的身體也沒有任何不適，可以穩穩站著。

圓激動到嘴巴開開闔闔，葉介看著她問：「老闆娘，妳還好嗎？」

「我沒事。這本書沒有臭味，閱讀文字我也不會覺得不舒服，可以一直讀下去。我第一次遇到這樣的書……」

圓眨了好幾下眼睛，凝視著清留下的這本書。她從小只對書的氣味過敏，父母十分擔心，帶圓看遍了耳鼻喉科、腦神經外科和身心科等各種科別的醫師。在市民醫院婦產科行醫的姑姑直子也運用人脈，請教不少認識的醫師。即使如此，還是查不出原因，找不到治療方法。最後圓和身邊的人只好用「這也是一種個人特質」來說服自己。

「既然如此，妳要不要自己來讀這本《心》。」

葉介乾脆這麼督促她。爲了讓猶豫的圓放心，他又笑著繼續說：

「聞不到臭味，表示這本書和老闆娘妳散發相同的氣味吧。按照妳的理論，應該自己來讀比較好？」

「有道理……」

圓被葉介說服了。包括葉介在內，至今圓推薦過好幾位來住宿的旅客，閱讀文庫裡跟他們自身散發相同氣味的書。根據這些經驗，清留下的這本《心》，或許眞是此刻的圓需要讀的書。

圓再次緩緩翻開封面，依舊沒有任何會刺激眼睛和鼻子的氣味。圓大膽起來，翻開扉頁快速瀏覽目次後，進入以〈上．老師與我〉爲題的正文開頭部分。

我一直都稱那個人為老師，所以在這裡也只用「老師」稱之，不寫出他的本名。

用自己的眼睛追隨情節發展，透過文字在腦中建構畫面，這前所未有的經驗令圓內心激動不已。很快地，她就潛入小說中。

故事的敘述者「我」，受在海岸邊遇見的年長男性泰然自若的氣質吸引，希望能和對方親近。漸漸地，兩人開始交談，「我」自然而然地稱對方爲「老師」。這個稱呼中，含有「我」對他的敬愛之情。

「哦，原來是這樣啊。」

聽見葉介這麼說，圓依依不捨地從書中抬起視線。這也是她第一次親身體驗到「沉浸」這個詞彙代表的意義。

葉介坐在沙發上，攤開圓放在矮桌上的海老澤那本《心》。察覺圓望向自己的視線，他彷彿乾杯似地舉了舉手中的書。

「老闆娘……啊，這麼說來，妳應該是小老闆娘才對。我上次來住的時候明明聽妳說過，卻完全忘了這回事……」

「你是聽吳朗先生說的嗎？」

「對，他說老闆娘另有其人，還莫名其妙地責備我。不過，『小老闆娘』這稱呼太長了，以後我用名字稱呼妳好嗎？」

圓笑著說「請便」，葉介便說「那言歸正傳」，並很快地喊了圓的名字。

「圓小姐知道嗎？《心》分成上、中、下三個部分。」

「我當然不知道。」

說著，圓翻回最初的目次。上、中、下的標題分別是〈老師與我〉、〈父母與我〉和〈老師與遺書〉。

「圓小姐，雖然妳可以自己讀，不過請讓我念一下。」

葉介翻開書，隨意找了一段朗讀出來：

「『大家都是善人嗎？』『也沒有什麼稱得上惡人的人，畢竟都是些鄉下人。』」

「『鄉下人為何就不壞？』」

圓不假思索地說出下一句。葉介詫異地閉起嘴，圓自己也發出「咦」的驚呼。

「我說對了嗎？」

「一字一句分毫不差。」葉介激動地回應後，又小心翼翼地確認：

「圓小姐，難道妳剛才已讀到這裡，還馬上背起來了嗎？不可能吧？」

「不可能、不可能。」

圓拚命搖頭否認，急忙解釋：

「是聽別人朗讀過。很久以前……我還是個小孩子的時候，曾祖父反覆爲我朗讀過同一段文字無數次，次數多到我都記住了。當時，他沒告訴我是什麼書——原來是《心》的內容啊。」

「朗讀《心》給小孩子聽，眞是厲害的英才教育啊。」

葉介開玩笑地說，圓卻笑不出來，喃喃自語「我得趕快來讀才行」。和葉介四目相接，她又一股腦地說明：

「曾祖父指名我，還說『**開鎖所需的密碼，我已告訴那孩子**』，既然如此，這本放在保險箱上的書中一定能找到線索。我猜，線索就在曾祖父反覆念給我聽的段落裡。」

圓斬釘截鐵地說完，再次拿起書。

夜愈來愈深，文庫裡也愈來愈安靜。盛夏的夜晚溼熱黏膩。在這樣黏膩的空氣中，高達天花板的書架上，舊書們各自散發出呼吸的氣息，像是在這裡耐心等候再度被誰拿下來一讀的那天到來。月亮漂浮在盂蘭盆節平靜無波的海面上，月光從面向庭園的那扇窗照射進來，長長的光芒垂墜，宛如一片神聖的窗簾。

坐在單人沙發上專注閱讀的圓，似乎聽見有人在呼喚自己。抬頭一看，方形沙發上，剛才還跟圓一樣在讀《心》的葉介，大概是抵擋不住睏意，已躺下發出鼾聲了。除此之外，文庫內沒有其他人的氣息。圓環顧周遭的書架，坐在椅子上伸了個懶腰。她邊看書邊吃檸檬蛋糕，不知何時只剩下最後一口。

圓遲疑了一下，拿叉子插入那塊蛋糕。將糖粉製成的厚厚糖霜吃進嘴裡，脆脆的口感與甜美的滋味令人陶醉。圓咀嚼著，品嘗這份美味，又喝一口涼掉的美式咖啡增添苦味。她站起身，重新倒一杯熱咖啡，再度深深坐回沙發內，拿起舊書繼續往下讀。

文字在腦中串連成影像，組織成畫面。畫面與畫面相連，將時間往前推進，書中出場的人物們愈來愈立體。他們說出的每一個字、每一句話，吐露的每一個念頭，都和圓本身的經驗及情感相互共鳴，不知不覺化成自己的話語，深深雋刻在心上。

——原來閱讀小說是這麼回事啊。

圓沉迷其中，連特意重倒的咖啡又涼掉了也沒察覺。不管是翻頁，還是把臉湊近書，都沒有妨礙閱讀的氣味，眞的太開心了。

繼續往下讀，圓發現《心》有點像推理小說。透過在〈老師與我〉、〈父母與我〉中和「老師」的交流，感覺就像和「我」一起撿拾關於「老師」的種種謎團碎片。厭世、自棄、悲傷、後悔、恐懼……這些構成老師的碎片如伏筆般分散書中。進入最後的〈老師與遺書〉後，藉由「老師」自己寫在信中的字字句句回收這些伏筆，圓也得以和「我」一起驗證前面的猜測是否正確。最終揭曉的老師的罪行是否眞能稱得上罪行，包括這一點在內，促使圓思考起人類的利己主義。這時已是凌晨四點。

像這樣自己追著文字往下讀，圓發現小時候清念給自己聽的段落只分散在兩個章節，而這兩個章節分別屬於〈老師與我〉和〈老師與遺書〉。這究竟代表什麼，圓雙手捧著杯子思考，隔著窗戶遠望庭園彼端逐漸發白的大海。

圓把裝咖啡和蛋糕的容器收進廚房，往茶杯裡倒了熱水後回到文庫，葉介已醒來。

「早安，葉介先生。」

「早……早安。哎呀，我睡著了。圓小姐徹夜沒睡嗎？全部看完了？」

圓點點頭，葉介揉著惺忪的睡眼嘟噥「好強」。

「密碼解得如何？」

「我好像知道是什麼了。」

圓再次點頭，葉介發出奇怪的低吼聲跳起來。那張完全清醒的臉迫不及待地追問：

「真的嗎？」

「對，真的。」

圓一本正經地回答，思考起葉介在跟雄高和愛夢的關係中，如果站上「K」立場的另一條世界線。同時，她也體會到此刻站在這裡的葉介有多溫柔和堅強。

＊

上午九點，太陽已蓄勢待發，圓光是灑灑水就滿身大汗。不過，這樣早上的工作也算告一段落了。趕往永瀨父子等待的文庫前，她想先回主屋跟悟說一聲。

「今天奶奶能來嗎？」

「沒問題。」

即使孫女站在玄關大喊也不出聲責備，悟從走廊上笑著探出頭。

「終於可以去跟客人打招呼了。」

比起保險箱裡的東西，悟更期待與海老澤的家人打招呼。圓心想，爺爺的個性就是這樣。悟隨時都在爲別人著想，努力珍惜身邊的每個人。不光是家人和客人，連只是經過他身邊的人也一樣，正是這份眞心撐起了凧屋的格調。感覺自己正抬頭仰望一堵高牆，圓一陣暈眩，對悟揮揮手說「那我等你們」。

圓在廚房裡將按照三千子食譜做的檸檬水換裝進玻璃水壺，端往文庫。雖說早餐吃得很飽，這清爽的飲料應該不會對腸胃造成負擔。

圓走下樓，見父子倆和睦地站在書架前。葉介雖然瘦，但或許是皮膚白皙的緣故，給人體態圓潤的感覺。相對地，吳朗的膚色黝黑，全身骨節分明，與其說是瘦，不如說像是把肉都削掉了。兩人確實長得不太像，不說的話，看不出是父子。

葉介先注意到圓，朝她招手。圓先把盛著檸檬水的托盤放在矮桌上才走過去。兩人似乎正在翻看承載了滿滿爪屋歷史的那本相簿。

「圓小姐，這也是海老澤吳一的藏書嗎？」

「啊，不是的。這是我收集家裡的照片，整理成一本旅館相簿。想說給客人看看也滿有趣的，就借放在文庫一角，眞是不好意思。」

「不不不，一點問題都沒有。」

葉介惶恐地揮手。吳朗對他說「看吧，跟我猜的一樣」，犀利的雙眼看的卻不是葉介，而是圓。他從葉介手上搶過相簿，翻開其中一頁，指著照片上的人說：

「這個人是……？」

「丹家學，我的父親。」

雖然一頭霧水，圓仍老實回答。沒記錯的話，這張照片是在旅館爲清舉行葬禮時拍攝的。身穿喪服的父親學和母親夕帆，以及還是小學生的圓，三人站在庭園中拍下了這張照片。學看起來像是狠狠瞪著鏡頭，其實他並沒有任何不滿，只是天生眼神就比較銳利而已。

圓再向兩人介紹照片中的女人是「家母」，一旁的小女孩是「我」，吳朗才轉移視線。他喃喃低語「這樣啊」，搖晃著茂密的頭髮。

「家父怎麼了嗎？」

「不，沒什麼。是我誤會了，抱歉。」

然後吳朗就什麼也不說了。圓想起之前來住宿的小學生深尾透馬，那個有著與生俱來不可思議感受力的孩子，在看這本相簿時，指著這張照片中穿喪服的學和另一張照片中年輕的清，說他們是「兩個叔叔」。「兩個叔叔」是「幽靈」，他們託夢給透馬，是解除三千子危機的恩人。

圓想重新細看照片，正要湊近時，吳朗就闔起相簿，直接放回書架上了。接著，他一邊走向矮桌，一邊轉頭對圓說：

「聽葉介說，妳知道密碼了？」

「啊，對，有幾個數字，我推測可能是密碼。」

「這樣嗎？我這邊雖然費了好一番工夫，但也總算解決了。退房前如果打得開保險箱，我們就能沒有遺憾地回去了。」

走到放在桌上的保險箱前，吳朗單膝跪地，從褲袋裡拿出打磨得宛如全新的圓筒鎖鑰匙，插入鎖孔。跟昨天不一樣的是，鑰匙順暢地插到底。

年輕的兩人發出「喔喔」的驚呼，吳朗看了看他們，淡淡地說：

「再來只要解除密碼鎖，就能轉動這個圓筒鎖，打開保險箱。」

他的一雙大眼中掠過一道光。吳朗的眼神也很銳利，往往令人錯覺「被他瞪了」。就算受過學的眼神訓練，圓仍不免嚇了一跳。

「好的。」圓點點頭，先深呼吸一次，拿出放在朱色圍裙口袋裡的《心》。

「這本小說分成三大部，每一部又細分成不同章節。我試著在書中找尋小時候曾祖父反覆念給我聽、次數多到我都記住了的句子，結果發現分別是在〈上・老師與我〉的第二十八章和〈下・老師與遺書〉的第四十八章。我猜，密碼應該和這兩章有關。」

「換句話說……」吳朗摸著瘦削的臉頰說：

「想得簡單一點，密碼可能是二、八、四、八嗎？以這個密碼鎖上面的刻度來看，就是〇二、〇八、〇四、〇八嘍。」

「密碼會這麼單純嗎？」

葉介皺眉質疑，吳朗則是很快面對保險箱，握住密碼鎖轉盤，一下往右、一下往左地轉動起來。

保險箱發出微弱的聲響，看著正在解鎖的吳朗背影，兩人都不敢說話。圓耐心等待，終於看到吳朗伸手去轉插在圓筒鎖孔裡的鑰匙，耳朵貼近保險箱。接著，吳朗低聲說「好了」，點點頭，望向圓與葉介。

「開了喔。」

圓探頭查看，保險箱發出輕微的聲響，打了開來。

厚厚的箱壁環繞中，只放著一冊B6尺寸大小的筆記本。皮革封面不知被清翻過多少次，已呈焦糖色。

「是日記本嗎？」

吳朗啞聲低喃。葉介看了看圓，問道：

「圓小姐，妳能讀嗎？」

「應該可以。」圓拿起筆記本，確認皮革柔軟的手感。實際上沒聞到什麼氣味，感覺像在跟清握手，圓慢慢翻開封面。這時，傳來一道沉穩的話聲。

「久等了。」

只見悟推著坐在輪椅上的三千子，站在通往文庫的階梯上。

葉介和悟合力，連同輪椅把三千子扛起來，走下階梯，來到半地下樓層的文庫。因爲實在麻煩，三千子很久沒下來文庫了。不知是否不記得這裡，她不安地環顧高大的書架。

圓爲眾人端來檸檬水。她小心翼翼地蹲在三千子面前，把檸檬水送到她手上。

「奶奶，可能會花點時間，要聽我念喔。」

沒有回應。三千子小小的身軀前傾，接過檸檬水的杯子。悟很快地伸手扶住她。

圓再次打開清留下的筆記本。她翻著紙質粗糙的頁面，側耳傾聽自己的心跳聲。加速的心跳想傳遞的訊息究竟是吉是凶，沒有任何氣味的筆記本並未給她答案。不過，散發鋼筆墨水味的筆跡，令圓感受到活生生的清。

——我有罪。

第一句話就這麼暗潮洶湧，圓一陣心慌。然而，察覺大家都看著自己，她趕緊深吸一口氣，繼續往下念。

「『我有罪。我從未向別人吐露這項罪行。面對親近的家人更是說不出口。因爲我知道一旦說出來，我將遭到輕蔑與憎恨。基於這樣的恐懼，無論三千子怎麼問，我都裝傻到底，苟活到現在。』」

圓的話聲顫抖，因爲她瞥見頁面上出現自己的名字。她早有預感，筆記本裡寫的雖是已過世的曾祖父清的獨白，內容卻是與凧屋旅館的人們，也就是與丹家一族相關的故事。

「『然而，最近我得知曾孫女圓讀不了書。她說只要翻開書，就會被刺鼻的氣味嗆得無法讀下去，跟那傢伙一樣。我深切體會到所謂的因果循環。看來，這已不是我一個人進墳墓後再好好懺悔就能了結的事。我的罪行，或許必須在光天化日下攤開。這是我和那傢伙的家人必須知道的事。話雖如此，老邁的我腦袋不太靈光，話也說不清楚了。爲了把和他們對峙時的事實盡可能正確無誤地傳達，我決定在此寫下一切。』」

「『那傢伙』指的難道是……」

葉介喃喃低語，所有人面面相覷。凝視著三千子咕嘟咕嘟地喝光檸檬水，圓的視線再次回到筆記本上。

「『我曾有個朋友，一個名叫海老澤吳一的男人。凧屋文庫收藏的就是他的書。』」

圓不得不先停下來，吐出一口氣，強忍住閉眼不看接下來那行文字的衝動，顫抖著念出來：

「『我殺了那個朋友。』」

圓的話聲穿過安靜的文庫，消失不見。不知誰輕輕咳了一聲，這聲音也很快從空間裡消失。圓對著空氣發問：

「要繼續嗎？」

「繼續。」

回答的人就近在身邊。吳朗直視著圓，催促她「快點」。

圓徬徨的視線自然而然地落在悟的身上。他輕輕撫著表情不變、身體也一動不動的三千子的背，對圓點點頭。於是，圓放下一切顧慮，懷著祈禱般的心情翻開筆記本的下一頁。

*

我和海老澤吳一在海軍隸屬同一班。軍隊裡允許攜帶某些作家的書，而他是會在軍營裡沉迷地閱讀那些書的大學生。我則是只靠算帳和熱情待客就能在世間生存的旅館兒子。生長的環境不同，兩人之間也缺少共通話題。即使如此，同爲不擅長上戰場的人，我們依然成爲朋友。或許是戰場上那些消耗身心的歲月迫使我們交好了吧。

同一班上還有個十幾歲的少年，屬於當時稱爲「海軍特別年少兵」的軍種。少年的年紀雖然比我們小，入伍時期卻早於我們，因此在我們面前總表現得像前輩，周遭的人和我們也認爲這是理所當然。少年的姓名我至今仍清楚記得，但在此就用當時的綽號「山豬」來稱呼他吧。

面對長官的「嚴格操練」，山豬用比別人加倍的耐力熬了過來，卻殘虐地將長官對自己做的事變本加厲，甚至是以十倍嚴苛的方式加諸於弱者身上。這樣的山豬施虐的對象每次都是後輩之一的海老澤。

不懂得討好別人，對山豬既不逢迎也不畏懼的海老澤成了他的眼中釘，動不動就被挑剔刁難。山豬處處針對海老澤，罵盡了難聽話，還會動手推打。身高雖然是海老澤比較高，體格卻完全比不上山豬，山豬的力氣也比他更大。那怎麼看都不像十幾歲少年的拳頭，毫不留情地打在海老澤瘦削的臉頰和扁扁的肚子上。沒有抵抗力的海老澤總是被打得整個人跌出去，令人不忍卒睹。然而，包括我在內，班上沒有人出來阻止山豬的暴行。因爲要是被上頭知道了，全班都會受到連坐懲罰。

「對方只是個愚蠢的孩子，隨便說些話配合他，捧捧他就好了啊。」

我不知勸過海老澤多少次。事實上，除了海老澤，班上的大家都是這樣應付只想找人洩忿的山豬。然而，海老澤卻說「服從笨蛋的人才是笨蛋」，堅持不改變對山豬的態度。

現在我已明白，正是這種頑固的堅持令海老澤的精神承受了極大的壓力。可是年輕時的我缺乏人生經驗，想像力也不夠成熟，居然把那樣的態度視爲堅強，擅自認爲他不會有問題，就這樣放著不管了。

戰局愈艱難，海軍的操練愈嚴苛，山豬的瘋狂與暴行也變本加厲。起初只是針對海老澤做的事挑剔刁難，後來光是看到他就高聲怒罵。最後，山豬甚至會主動四處尋找海老澤，一找到他就歇斯底里地上前施暴。原本單純的推打「處罰」，慢慢演變成拳打腳踢與棍棒加身。即使海老澤流血昏倒，山豬也不停手，這樣的情況愈來愈常發生，班上其他人不得不介入制止。

「這樣下去你會死掉的，還沒跟美軍對峙，你就會先被山豬打死了。」

我這麼說，眞的很爲海老澤擔心。他卻皺著一張紅腫的臉說「反正都是不合理的死，還不是一樣」。

一九四四年十月，我們隸屬的艦艇朝雷伊泰灣出發。聯軍艦隊遭遇攻擊，爲了阻止敵人，我們奉命登陸雷伊泰島。

途中，山豬依然持續對海老澤暴力相向。或許是即將踏上連自身都可能喪命的戰場，爲了發洩內心的恐懼與煩悶，山豬不斷對海老澤做出脫離常軌的責罰。

某天早上，我和海老澤一起搬運訓練用的砲彈時，山豬忽然靠近，高舉原本藏在背後的手。那隻手上拿著一冊文庫本。

那是海老澤在軍營及艦上閱讀過無數次的夏目漱石作品《心》。忽略自己擅自拿出別人的私人物品的惡劣行爲，山豬找碴地說「必須爲國奮鬥的時刻，你卻在看小說，太怠惰了」。

不知爲何，至今不管被整得多慘都無動於衷的海老澤，第一次情緒如此激動。以爲他會和平時一樣傲然接受，看到這出乎意料的反應，連我都感到驚訝，山豬更是興奮不已，臉泛紅潮，目露精光。

「這種書……」說著，山豬那粗大的手掌揑扁文庫本。

「住手，還給我！」

陷入半狂亂狀態的海老澤伸出手，山豬瞇起眼睛說：

「這本書就這麼重要嗎？」

他露出邪惡的表情低語，不等海老澤回應，就把文庫本從中間撕成兩半。

「啊！」驚呼出聲的人是我。海老澤沒有發出聲音，只瞪大雙眼盯著山豬手中書的殘骸，眼珠像是隨時都可能從那張瘦削的臉上掉下來。

盡情享受海老澤的目光，山豬用力揮手，把書丟進海中，旁人根本來不及阻止。連一絲猶豫都沒有，笑著把海老澤的希望丟進大海的山豬，第一次令我感到害怕。

看到海老澤茫然失落、屈膝跪地，山豬似乎滿足了，訕笑著他走進自己在機械室的崗位。

留在原地的我們沒有說話，無法動彈。這時，四周發出劇烈聲響，乘風破浪前進的艦艇忽然停下。抱著砲彈的我們失去平衡，一屁股跌坐在地。艦上的船員想必都嚇到了，沒有人大聲喧嘩，風聲和海浪聲也靜止，四周一片安靜。

此時，震撼空氣的聲響再度傳來。砰、砰、砰，連續三次的衝擊力道，導致艦艇大幅右傾。

「是魚雷！」有人大喊。敵人的潛水艇朝我們發射了四枚魚雷。我不敢相信眼前的事實，艦艇尚未抵達雷伊泰灣，船上還堆著如小山高的砲彈，居然就這樣遭到敵人襲擊。我茫然地蹲了下來……不，應該說是腿軟得站不起來。

海水慢慢滲入艦內，察覺生命受到威脅，我才終於回過神。往旁邊一看，沒看見海老澤，我急忙東張西望尋找。一道清瘦的背影映入我的眼簾，他正搖搖晃晃地站在機械室門外。

「你在做什麼？」聽見我的叫喚，海老澤離開那扇門，鐵青著臉回到我旁邊，伸手拉我起來。甲板嚴重傾斜，海水已淹沒較低的那一端。夥伴們從浸水的崗位逃出來。幸運的是，推進器和鍋爐等動力部分沒有受損，艦艇雖然傾斜了一半，仍勉強抵達附近的港口。

結果，我們這艘艦艇沒有參加雷伊泰灣海戰。船上有些人因崗位浸水或遭魚雷直擊而犧牲，也有人承受不了沉船的恐懼，選擇跳入海中，下落不明。後來我才聽說，山豬死在機械室裡。

山豬居然堅守崗位到最後，大家都十分意外，我也有同感。「還以爲他是那種在危急時刻會第一個逃跑的人」，我尋求海老澤的贊同，他卻不置可否，臉色蒼白，什麼話都不說。

隔年夏天，戰爭結束了。半途棄權的我們被視爲「雷伊泰灣海戰的生存者」，一方面感到尷尬，另一方面我們也很高興能活著回日本。

我和海老澤住的地方和生活環境完全不同，即使很快就疏遠了也不奇怪，事實卻非如此。我們每個季節都會相互問候，保持交流。在信件裡寫下連對家人都無法坦白的眞心話，或者像從前在軍營那樣，花許多時間聊無關緊要的小事。

解除動員後的生活安定下來，海老澤只要休長一點的假就會來凬屋住。我們就是在那時聊了信裡寫不下的話題。起初他和妻子千代子兩人同行，後來他們帶著兒子吳朗，一家三口到訪。過了不久，千代子的肚子又大了起來。

我則是娶了出征前訂下婚約的文子爲妻。見證我結婚後，凬屋的創辦人——我的父親正之介猝然離世。母親菊從老闆娘退爲大老闆娘，把旅館交給年輕的我和文子打理。本來還想跟在父親身邊工作，請他教我更多做生意的訣竅，突然就必須接棒，我滿心焦慮。相較之下，機靈又能幹的文子幫了我很多忙。

我們夫妻以老闆和老闆娘的身分勉強帶著凬屋上軌道後，母親開始動不動就提「繼承人」的事。說得更直接一點，就是要求文子「趕快生小孩」。

我們和母親的心情是一樣的，尤其文子本來就喜歡小孩，對來旅館住宿的孩子們總是很疼愛。海老澤家的吳朗當然也不例外。文子會用水管接水陪他玩，或是在用餐後請他吃刨冰，主動給了甚至可說是多餘的服務。千代子的肚子愈來愈大時，我注意到文子羨慕的眼神。只是，我們什麼辦法都沒有。

多年後，孫女直子當上婦產科醫師時，我深深感到命運是多麼諷刺。要是從前那個時代也有不孕症治療，家族裡有人能告訴我們不孕的原因可能出在男性身上的話，文子或許不會獨自被逼入那樣的困境。

文子的精神終於無法承受，臥床不起的日子多了起來。有時她會突然哭泣，有時又忽然笑出來，有時口吐令人不忍聽的穢言，有時所有表情都從她臉上消失。明明發著高燒，她的指尖卻冷得像冰塊，根本無法把老闆娘的工作做好。

和母親一起操持凧屋的我陷入絕望。母親轉為逼迫我，說「你應該和那種生不出小孩又做不好旅館老闆娘工作的女人離婚，再找一個妻子」。無論文子生不生得出小孩，或是臥床多久，我這輩子只想和她共度終生。可是，既然肩負著凧屋老闆的責任，我怎能在母親面前不顧一切地說這種話？凧屋是父親一手建立，我痛切地明白母親有多希望凧屋能傳承下去，也充分理解傳承的意義。

無論如何都必須生下繼承人。若是不想和文子離婚，我就得有小孩。走投無路的我，精神上也出問題了。

海老澤一家來訪，正好就是那陣子的事。

海老澤牽著吳朗的手，千代子抱著剛出生的嬰兒。嬰兒名叫時治，也是個男孩。他們一家看上去非常幸福。

「雖然沒能達成一姬二太郎就是了。」（註）海老澤笑著這麼說，我不記得自己是如何擠出笑臉回應的了。

和我在大廳抽菸時，海老澤告訴我千代子肚子裡又有一個新生命。那一瞬間，一直壓抑在我心底的什麼反彈起來，嘴巴不聽使喚地說：

「能不能分我一個。」

還記得我趴跪在地上懇求，說是我這輩子唯一的請求。與我相比，海老澤冷靜許多，說著「總之你先起來」，將我扶起，犀利的雙眼直盯著我，問了各種問題。在他一針見血的提問下，我坦白說出自己面臨的困境。那些都是我在信裡沒有寫……不，是不能寫的家族黑暗裂縫。包括爲何文子這次不出來跟客人打招呼在內，我全盤托出。

海老澤眞心實意地聽完我的剖白後，彎腰向我道歉。他說很同情我，也非常希望自己能幫上忙，但他無法放開親生孩子，請求我的諒解。

這是天經地義的回答，健全的父母都會這樣說。如今年老的我已能夠這麼想，當時精神出狀況的我卻非如此。我對海老澤生氣，內心充滿負面情緒。浮現眼前的是那天在戰艦

註：日本俗諺，意指第一胎生女兒，第二胎生兒子。

上目擊後，我要自己再也不能想起的光景。

「就像你對山豬見死不救一樣，這次你也要對我見死不救嗎？」

回過神時，我已沉聲脫口而出。海老澤睜大雙眼，脖子冒出青筋，反問「什麼意思」，於是我揭開塵封已久的記憶。

「艦艇遭魚雷攻擊時，我看到你站在機械室前。不，說得正確一點，你是去關上機械室的門。我不知道你動了什麼手腳，但那時你應該是故意忽視山豬的求救聲，讓他無法從裡面打開門？這麼一來，當海水灌入機械室，他不是自願堅守崗位到最後一刻，而是想跑也跑不掉了吧？」

海老澤的臉色和那天一樣蒼白。

「丹家……你一直都是這麼認爲？」

「我有說錯嗎？」不看如此反問的我，海老澤撇了撇薄薄的嘴唇笑了。

「我現在是被朋友威脅了嗎？」

「抱歉，我沒有要你拿孩子當封口費的意思。可是，我只能拜託你。要是你拒絕，我就沒有退路了。求求你，不要連我都見死不救。」

現在把這段過去寫出來，我自己都覺得噁心。這看起來簡直就像沒心沒肺的人胡言亂語。可是，一字一句都不假，這就是我實際上對海老澤說出的話。

海老澤抬高下巴，注視著說不出話、只是不斷嗚咽的我的肩膀許久。不曉得經過多久，海老澤犀利的眼裡失去光芒，縮起肩膀，揚起一邊嘴角，看不出是想哭還是想笑。最後，他既沒哭也沒笑，臉上只剩失去一切情感的表情。

「我知道了，明年出生的老三，不管是男是女都給丹家當小孩。這個計畫必須謹慎進行，外人就不用說了，連自己人也得騙過才行。還有，丹家的夫人文子必定會成爲共犯。你能做到嗎？」

「我可以。」我不顧一切地點頭。可怕的是，即使看著在庭園裡奔跑玩耍、毫不知情的吳朗，正在照看吳朗的千代子懷中的嬰兒時治，以及懷有新生命的千代子腹部，我的良心一點也不痛。

我立刻告訴文子這個將別人嬰兒當自己小孩養大的計畫，並將她送到熟人的別墅躲藏。文子不斷猜測追問，我都只回答「會去領養無父無母的小孩」。對母親的說詞則是文子懷孕了，爲了安胎所以讓她回娘家待產。一如預期，母親表示「能順利傳宗接代最重要」，沒有任何不滿或疑問。

就這樣，度過強迫文子和海老澤一起說謊的十個月，我蠻橫地當上「人父」。

三千子成爲我的女兒。

原本就很瘦的海老澤，把剛出生的女兒抱來給我時，更是憔悴到幾乎認不出來的地步。他的臉頰瘦削，眼窩凹陷，整個人像具骷髏。

我忍不住問「你還好吧」，海老澤連看也不看我一眼，兀自說明他是如何假裝三千子在報户口前就被人口販子擄走。不用說，千代子都快急瘋了。

「你還好吧？」我又問了一次，海老澤嗤之以鼻，啞聲低語：

「不行了，我無法看書了，這大概是天譴吧。」

我以爲他的意思是視力惡化，他卻說不是。只要翻開書，就會有強烈的刺鼻氣味令他身體不適，無法繼續閱讀。海老澤堅持那不是紙張或墨水的氣味，若是勉強讀下去，眼睛和鼻子會痛苦不堪，少則半天，多則三天才能恢復正常。我不太相信，海老澤只是不斷痛苦地說「很臭啊，臭得不得了，沒辦法」。

那時，海老澤懷中的三千子醒了，有點鬧脾氣。海老澤馬上熟練地安撫她，同時睜大黑眼圈濃得像瘀青的雙眼，低聲對我說：

「我只拜託你一件事，不要改掉三千子這個名字。雖然還沒正式報户口，但這是千代子爲她取的名字。」

我面露難色，海老澤卻堅持不肯退讓。我不想在這個節骨眼上和他起爭執，以免他臨時反悔，不把孩子讓給我，只好勉爲其難接受。

意。

海老澤向我鞠躬，讓我抱住三千子後，他冷靜地說「我們最好別再見面了」，我也同意。

就這樣，我們的友情結束。在宛如地獄的環境下，彼此曾經建立起日光般暖洋洋的情感，卻被我親手斬斷。可是，當時我連後悔的餘地都沒有。因爲很快地，我就匆匆叫回文子，和她一起投入新手父母的忙碌生活了。

嬰兒第一次對我笑的時候，第一次喊我「把拔」的時候，坐在我腿上看繪本的時候——我也不是從未心生奪走別人孩子的罪惡感。然而，三千子純粹的光芒照亮了我的生命，後悔之情迅速變淡。漸漸地，連後悔之情都不見了。只要看到聰明活潑、善良體貼又孝順的女兒，罪惡感就從我心中消失。彷彿從一開始三千子就是我的親生女兒，我自然而然地成爲父親，理所當然地愛著女兒。

再次聽到海老澤的名字，是三千子還沒上小學的時候。

某天，夙屋接到一通電話。一個自稱海老澤前妻的人，說有事找旅館老闆。我掩飾內心的緊張接了電話，花了一點時間才發現這個姓永瀨的女人是千代子。

千代子淡淡地說，海老澤幾年前就以自己身心失調爲由，丟下她和兒子離家出走，從此再沒回來過。幾天前，她接到海老澤在遠方獨自身亡的消息。然後，她又說「海老澤留了遺言給我」。

在千代子與兒子至今仍一起生活的家中，保留著海老澤大量的藏書。得知他在遺言裡要千代子找佩屋老闆買下那些書時，我一句話都說不出來。

「我知道丹家先生是和海老澤一起從雷伊泰島生還的海軍同袍，但從前我隨他造訪旅館時，並不知道你們的交情有這麼好。眞的可以請您買下那些書嗎？」千代子用井底回音般的低沉聲音如此確認，一字一句都透著生活的疲憊。

從她的聲音，不難想像出磨損的和服衣襟與乾燥脫屑的肌膚，我不由得閉上眼睛。拚命維持平穩的呼吸，我口頭表達了遺憾，並表示願意遵從海老澤的遺言。

我建議用載貨火車運送那些書，千代子卻說要自行僱用能開卡車的人把書送來。她還說想順便來久違的佩屋住，我感到十分爲難，腦中浮現「因果報應」四個字，懷疑海老澤是否試圖用自己的性命換回三千子，好讓她回到親生母親的身邊。

接受千代子住宿的要求後，我只好對文子坦白一切。告訴她三千子的親生母親還活著，在不知道女兒就在這裡的狀況下，即將來佩屋住宿。

「你不是說三千子無父無母嗎？」文子號啕大哭。然而，最後她毅然決然地宣稱：

「我已是三千子的母親，絕對不讓人奪走女兒。就算對方是她的親生母親也一樣。」

到了預約住宿那天，千代子牽著已是小學生的吳朗的手，和幾千本海老澤的藏書一起來到凧屋。

文子如她宣稱的，帶著三千子躲進主屋。至於母親，我事前找了藉口送她去熱海旅遊。因此，當天只有我一個人站在大廳迎接。沒看到時治，我隨口一問，只得到千代子短短的回應「死了」，我無言以對。

「得了流行病，一眨眼就走了……當時我一心只想找回被人口販子擄走的嬰兒，沒注意到時治的身體狀況……現在後悔也來不及了。」

勉強擠出微弱的聲音這麼回答後，千代子空洞的雙眼環顧館內。

「還記得當年我跟海老澤提過，第三個孩子出生後，全家再一起來凧屋旅館——回過神來，只剩我們母子了。」

我一陣暈眩，得用雙手牢牢抓住櫃檯才站得穩，指尖用力到發白。

千代子要吳朗去庭園玩，確定他跑遠了，才再次對我低下頭說：

「因爲發生這些事情，請原諒我用這種方式向您這位前夫的朋友索取金錢。」

艱難地說出這些話，千代子的臉頰抽搐，聲音顫抖。我深知她原本是個多麼高傲的女人，隨即請她移步大廳，準備好支票。

「開多少價都沒關係，請不要客氣。」這是我的眞心話。

千代子歪了歪頭，清楚說出一個詳細到十位數的數字。這金額比預期的少太多，我忍不住詢問爲什麼是這個數字。千代子紅著臉解釋，她計算過了，如果有這筆錢就能供吳朗讀完高中。

「除此之外我不求更多。畢竟是來自拋棄我和兒子的男人的施捨，這樣就夠了。」從千代子說這話的語氣與脹紅的臉，我知道她非常憤怒。如果可以，她甚至不想要海老澤的一毛錢。

我不忍心再看她，朝窗外望去，卻目睹難以置信的光景。

庭園的松樹下，吳朗和三千子面對面站在那裡。

察覺我的神情有異，背對窗户的千代子也轉過頭，我來不及阻止。

「哎呀，丹家先生，您生了個女兒啊。」千代子微笑著說。即使看到繼承了自己凜冽眼神、直挺鼻梁，與輪廓柔美的細長臉龐的三千子，她似乎沒想到那就是自己的女兒。

此時，文子從主屋跌跌撞撞地衝出來。從旅館這邊聽不到聲音，但看得出她嚴厲責罵三千子，一把將她抱起帶回主屋。想必三千子是趁文子不注意時跑進庭園的。兩人離開後，庭園裡只剩下茫然失措的吳朗。

「抱歉，讓妳見笑了。」光是這麼道歉就用盡了我的全力。千代子靜靜地笑著說「養育小孩眞不容易」。

我低下頭說「非常抱歉」，許久抬不起頭。

從要求海老澤分一個孩子給我的那天起，我一直假裝沒看見自己的惡意、軟弱與骯髒。然而，如今這一切我都看得一清二楚。是我自己化身一道濁流，吞噬海老澤一家人，把他們的命運朝最壞的方向推去。

倘若道歉能挽回什麼，我眞的很想道歉。然而，一切都太遲了。海老澤的疾病與死亡是我逼出來的，千代子嘗盡的辛酸是我造成的，時治遭延誤救治、吳朗寂寞不安的原因也都出在我身上。就算我現在懺悔，已沒有誰能恢復原本的人生。不，不光是海老澤的家庭，我也在文子心中種下愧疚的種子，導致三千子過著不自由的生活。身邊的人們都陷入不幸，我看見漆黑的暗影正慢慢接近，我領悟到自己至死都擺脫不開這道黑影，如同身在永遠不會迎來黎明的黑夜中。

帶來刺痛的恐懼與悔恨離去後，深沉乾燥的絕望來臨。我忽然想起，以前似乎讀過符合自己當下心境的文字。

想起那本書的書名，已是很久以後的事了。我在旅館裡打造了文庫，瀏覽大量的海老澤藏書時，腦中浮現那本書的書名。如果沒有戰爭，那本書也該出現在這裡。在那又臭又熱的戰艦上，爲了抵擋對死亡的恐懼，我向海老澤借來那本書，讀過好幾次。

夏目漱石的《心》。

我尋遍舊書店，想找出這本造成海老澤命運失控，最後消失在南海的舊書。好不容易找到想要的舊書，我從頭到尾重讀了一次。細細咀嚼漱石這本小說，總覺得內容像是預見了戰爭結束後，我和海老澤心中所有的情感。

從此以後，每年夏天我必定重讀《心》。每讀一行文字，心魂都不斷噴出鮮血。雖然這稱不上贖罪，至少是對自己的一種懲罰。

今年夏天如果還活著，我也打算再讀一次。

我一邊回溯記憶一邊寫，寫得比想像中還長。雖然描述甚爲主觀，但這就是我對海老澤及其家人犯下的罪。他的「家人」當然也包括已成爲我家人的三千子。

經過病理解剖後，三千子得知文子從未懷孕生子，自己是被領養的孩子。我當然也察覺到，她以爲自己是被親生父母拋棄。正因如此，她更想知道親生父母的消息和他們拋棄自己的理由。

眞的非常抱歉，把三千子從她親生父母與兄長身邊奪走的人正是我，令三千子周遭的人陷入痛苦的元凶也是我。三千子沒有被任何人拋棄，是雙方家族都疼愛的孩子。我必須讓她知道這個事實才行，這麼想著，我卻無法付諸行動，拖過了三十年，全是因爲我膽小又卑鄙。另一方面，我也無法不抱持疑惑，既然事到如今已無法挽回什麼，只爲了減輕自己的罪惡感而告白懺悔，對三千子眞的有好處嗎？

老實說，我不止一次想撕毀這份稱得上懺悔錄的草稿。想了又想，最後設下如此滑稽的機關，讓人無法馬上看到這冊筆記本，我在此致歉。

同時，我忍不住祈求，憑我一己之力無法解決的因果宿命，能在看過這冊筆記本的人手中獲得解脱。

丹家清

＊

圓讀完後，靜靜闔上已拿得十分順手的皮革封面。下意識端起的茶杯摸著很燙，看到幾乎滿杯的焙茶，才想起快喝完時，悟爲她重新倒了一杯。

「呃，所以現在的情況是……？凧屋的老闆娘其實是老爸的妹妹？」

聽到葉介混亂至極的低喃，吳朗大大吐出一口氣，像在瞪人般凝視著坐在輪椅上，表情不爲所動的三千子。

「那個……」圓才剛開口，吳朗就制止了她，從斜背包裡拿出一張黑白老照片。

照片中，以凧屋旅館爲背景，兩個身穿浴衣的青年站在海岸上。一個長相粗獷，看似身強體健，另一個則是目光犀利，毛髮旺盛，身材瘦削。前者笑得爽朗，後者表情雖然有些僵硬，臉上仍帶有笑容。

「這是大爺爺和……？」

圓指著體格健壯的青年低聲問，吳朗指著另一個人說：

「他就是海老澤。這應該是婚前他獨自來凧屋玩時拍的照片。這張照片，宛如書籤般夾在海老澤戰後重買，直到最後都帶在身邊的小說裡。」

看了看吳朗舉起的《心》文庫本，又看了看照片，葉介說：

「這是海老澤吳一？他和剛才凧屋相簿裡圓小姐的父親長得一模一樣。」

的確是一模一樣。圓想起在清的葬禮上拍的那張照片中，身穿喪服的父親。背後傳來悟恍惚地低喃：

「學和海老澤先生長得很像……難怪爸爸總是和學保持距離。」

圓先望向悟與三千子，再望向葉介與吳朗，然後憶起曾祖父。

記憶中的清總伴隨著夏日出現。明明喜歡看棒球，但只要一聽到甲子園的警報聲，他就會立刻關掉電視，輕聲說那會令他聯想到空襲警報。他一定很害怕，一定很難受吧。罪惡感逼得他疏遠和過去摯友五官相似的孫子。當年圓還太小，只能和他說些無關緊要的話題，現在也想不起清的聲音了。可是，那些清爲她朗讀了無數次的故事，直到現在她都能流暢地背誦出來。

你以為世上有一種人叫惡人嗎？世上不可能有那種彷彿用模子打出來的惡人。大家平常都是善人。至少大家都是普通人。可怕的是，在危急之際，人們會忽然變成惡人，所以不可大意。

「是《心》嗎？」最先開口的是吳朗。圓點點頭，打開有生以來第一次靠自己讀到最後的那冊清留下的文庫本。她翻著泛黃變得脆弱的書頁，找出自己剛才念的段落。

「這是〈上・老師與我〉第二十八章的文句。以頁數來說，就是在第六十八頁。」

吳朗拿起海老澤留下的文庫本，翻到那一頁。他戴上老花眼鏡快速閱讀，呼出一大口氣。圓接著往後翻。

「然後是〈下・老師與遺書〉第四十八章的這一段，在第兩百三十五頁。」

我再次心想「啊，糟了」。那道象徵再也無法挽回的黑光貫穿我的未來，瞬間籠罩橫亙在我面前的一生。於是，我格格顫抖起來。

吳朗瞪著書本默讀後，慢慢拿下老花眼鏡，低喃：

「二十八章、四十八章，二、八、四、八——這就是帶領我們找到筆記本的密碼。」

「是的，曾祖父本身不知反覆讀過這本書多少次。同時，他將與自己心情重疊的章節念給我聽。一遍又一遍，直到無法看書的我完全記住內容——現在我才發現，當時我或許在不知情的狀態下，聽見曾祖父發自內心的懺悔。」

文庫的每個角落都吸入了圓的聲音。吳朗突然像被什麼觸動，朝坐在輪椅上的三千子踏出一步。

「喂，妳聽到了嗎？能理解嗎？」

三千子表情依然沒有變化，連剪齊下巴的白髮都沒有一絲晃動。吳朗的質問與視線，從三千子身上緩緩移向站在她後面的悟。

「不知道耶。」悟歪了歪頭，低頭望著三千子頭頂的髮旋。

「可是，筆記本裡寫的，是老闆娘一直想知道的事。終於能夠聽到父親的解釋了呢。」

最後這句話是對三千子說的。接著，悟抬起目光，向吳朗和葉介深深一鞠躬。

「這次非常感謝兩位專程蒞臨爪屋旅館。還有……給吳朗先生、千代子女士以及海老澤先生添了非常大的麻煩，我在此代替過世的岳父清致歉。」

吳朗的表情扭曲，顫抖的嘴唇勉強吐出話語：

「事到如今，道歉又能怎樣。」

或許是渾身脫力，吳朗整個人失去平衡，直接雙手抱著膝蓋坐在地上。他睜著一雙空洞的眼睛繼續說：

「接連失去兩個孩子，家母太害怕失去唯一倖存的我。於是，我成了她過度保護與束縛的對象。拜此之賜，直到家母死後，年過四十五的我才終於能夠獨立、結婚，建立自己的家庭——家母一手含辛茹苦地養大我，她死後我卻只剩『終於死了』的感慨。」

甩開圓小心翼翼伸出的手，吳朗又說：

「每次聽到後來出生的兒子抱怨『我的爸爸為什麼不像正常的爸爸那麼年輕』時，我都歸咎於母親，怨恨海老澤，認為這一切都是他害的。要是不這樣把責任轉嫁給他們，我甚至沒辦法活到現在。」

葉介雖然一副坐立不安的樣子，但吳朗這番話想必沒有責怪他的意思。看也不看兒子一眼，吳朗慢慢自己站起來。

「此刻得知真相，連我也不得不同情海老澤了。更可憐的是我那一生感激凧屋旅館老闆的母親。我也對自己感到很生氣，人生的道路被第三者朝奇怪的方向扭曲，我卻一心以爲那是命運，心甘情願地接受。」

說著，吳朗掄起拳頭敲打自己細瘦的雙腿。聽著那鈍重的聲音，感覺就像打在自己身上，圓不禁顫抖。葉介急忙抓住吳朗的手。

此時，警報聲隨著海風傳來。悟看一眼掛在文庫牆上的時鐘，喃喃自語：

「今天是終戰紀念日啊。」

眾人不約而同地合掌閉眼。圓也跟著做了，這才發現一次都沒看過清默禱的身影。或許他認爲自己犯下的罪，光靠合掌默禱是無法彌補的。

警報聲停止，圓睜開眼睛，想說點什麼，卻一句話都想不出來。吳朗仍雙手合掌，只抬起頭，身後站著一臉擔心的葉介。圓再次體認到，至今爲止，自己能談論那些讀都沒讀過的書，都多虧了像葉介這樣實際讀過之後，誠實說出自己感想的客人。

——我能說些什麼嗎？

圓的視線無力地落在手中的文庫本上。這本書肯定教會了自己、傳遞給了自己什麼，卻無法化爲言語說出來。自己到底讀了什麼？正當她對這第一次的經驗感到困惑時，一個沙啞的聲音說：

「昨晚，修理好保險箱的圓筒鎖之後，我第一次讀了這本書。」

不知何時鬆開雙手的吳朗，舉了舉自己帶來的那本《心》。

「這本書一直放在家裡，我也拿起過無數次，但一想到這是拋棄家人離開的父親喜歡的書，打死我都不願意讀。」

吳朗一邊對圓說這些話，一邊望向三千子。

「從葉介那裡聽說海老澤文庫的事，腦海立刻浮現爪屋庭園裡那個女孩的臉，我確定當年去的就是這家旅館。儘管已沒有全家一起來玩時的記憶，海老澤死後，和母親一起送書來那天的事，我仍記得相當清楚。然後……不知爲何我忽然很想再來一次。明明不願憶起海老澤，我卻心生一股莫名的焦慮，總覺得自己非去不可。」

「眞的假的，你怎麼都沒告訴我……」

葉介不滿地噘起嘴，吳朗毫不留情地回應：

「有哪個父母會樂意跟兒子提起灰暗的過去？孩子無須在意父母的過去，只要專心去過自己健康開朗的人生就好，這才是父母期盼的事。」

吳朗的這番話，從圓的耳朵進入心中，慢慢融化。她感慨地說：

「或許曾祖父也是如此。他一定希望祖母能在與他所作所爲無關的地方，過著幸福的生活。」

吳朗的目光一閃，視線依序掃過文庫本、三千子，最後落在圓的身上。他重新拿好自己的文庫本。

「我討厭靈異的說法，不過……或許眞的是海老澤和丹家清透過這本書將我喚來，要我『在這裡爲我們兩家的因果宿命做個了結』。」

「要由老爸你來了結嗎？」

葉介擔心地問，語氣中滿是對年邁父親的關懷。吳朗低聲呻吟，搔了搔滿頭亂長的剛硬白髮。

「不知道，只能靠兩人直到最後都留在身邊的書來試試看了。」

說到這裡，吳朗一頓，像在說服自己似地說：

「已不在這世上的他們，還在這世上迷路的爪屋老闆娘，以及繼續活在未來的你們，能將所有人連繫起來的只有我了。」

想起祈求從因果宿命中獲得解脫的清，圓緊握手中的《心》。凝視自己泛白的指尖，吳朗翻開書頁。

「夏目漱石在這本書中寫出『人類本就集善惡於一身』。我總覺得，背後想傳達的是『靠人類來判斷善惡是一件危險的事』。」

「的確，不管是《心》裡的『老師』也好，『K』也好，甚至是故事結束之後的『我』，他們都爲自己判斷的『惡行』所苦。」

圓點點頭，吳朗刺人的目光柔和了些。

「海老澤和丹家清都很痛苦吧。一個人痛苦地選擇死亡，一個人痛苦地活在地獄中，彼此都痛苦到了極點。我想，因果宿命或許就是從這種痛苦當中產生。」

「已產生的因果宿命，有可能消失嗎？」

圓不知道自己能做什麼，如此喃喃低語。吳朗看了三千子一眼，用力點頭說「可以的」。

「只要超越善惡，一定就能辦到。」

「意思是，不去意識善惡地活著嗎？這怎麼可——」

「不是不可能。」吳朗打斷圓的話，堅定地說：

「人類能夠『原諒』。原諒一定能超越善惡。」

「原諒……」

圓和葉介同時低聲複誦，彼此互看一眼。

「人類身上同時存在著善與惡，無論秉持善意或惡意，同樣都有可能招致糟糕的結果，這就是所謂的『走錯路』。有些走錯路的人受到法律制裁，有些人則受自責所苦。」

圓腦中閃過清、海老澤，以及奏志和那四個男孩的身影。吳朗接著說：

「在某個時刻，以某種形式結束贖罪後，或許不該再區分善惡，而是應該要原諒吧？再給一次重新選擇道路的機會，應該這麼做才對，不是嗎？我讀《心》的時候一直在想，如果是我自己走錯路，一定很渴望獲得重來的機會。」

「我有同感。」葉介喃喃低語，輕輕把手放在吳朗的背上。

「善惡什麼的，我不太懂，但若一味責怪別人，自己只會動彈不得。老爸，你別再一直抓著憤怒或怨恨不放了，試著放手好不好？」

「原諒、放手……」

吳朗凝視自己的雙手。接著，他踉蹌地走到三千子面前，對她說「妳還記得嗎……」。

「我一個人在這裡的庭園玩耍時，妳跑來跟我說『一起玩嘛』。感覺自己受到小女生同情，我雖然覺得有點丟臉，卻更感到高興。因爲那時我眞的覺得很無聊。」

「謝謝妳對我那麼親切。」吳朗一低下頭，恰恰遮住窗外照射在三千子身上的光線。於是，原本面無表情的三千子臉上出現了變化。像是在找尋光源，她張望了腳下半天，又慢慢抬起頭。看到吳朗，她疑惑地眨著雙眼。

「您是哪位？」

「我是哥哥啊。」

倉促之間，吳朗這麼回答。雖然不認爲三千子的大腦還能思考這句話的意義，她的臉上卻瞬間堆滿了笑。身爲接待過幾千、幾萬次客人的凧屋旅館老闆娘，身體或許還記得打招呼的方式。即使口齒不太清晰，她仍鄭重有禮地說：

「**哥哥**，歡迎蒞臨凧屋旅館。」

那一瞬間，圓感到自己和吳朗手中那兩本——分別屬於海老澤和清的《心》，似乎染上了三千子高潔的氣味。

吳朗紅著眼睛轉頭喊「小老闆娘」，眼眶泛淚的圓頓時挺直背脊。

再次從斜背包裡拿出那張黑白照片，吳朗說：

「海老澤——家父或許終生都沒有原諒丹家清。可是我總覺得，最後他是懷抱著兩人之間確實存在過的友誼離世的。不然，他不會把這張兩人笑著拍下的照片夾在《心》裡吧？」

圓凝視著年輕的曾祖父與海老澤吳一的這張合照，想起因為擔心三千子而現身的他們，便是這副年輕時的姿態。

「希望如此。」

圓輕聲表示贊同，吳朗眼中閃現親暱或慈愛都無法形容的溫柔光芒。

「小老闆娘，妳不需要感到羞恥或有罪惡感，只要跟以前一樣喜歡與妳有血緣關係的每個人就好。」

「永瀨先生……」

「如今海老澤家與丹家的血脈已混合，我們彼此都結束了贖罪，選擇原諒也被原諒了。我們的人生不是爲了誰的懺悔或復仇而存在，我們的人生屬於我們自己，妳明白嗎？」

吳朗愼重提醒的聲音，聽起來有一種懷念的感覺。無論距離多遠，關係多淡薄，依然感受得出彼此身上流著相同的血脈。圓點頭說「是」，深深一鞠躬。

辦理退房的時間到了。向吳朗打過招呼後，三千子完全恢復成平時的模樣，別說交談了，連要對上她的視線都很困難。

留下遲遲不願離開她身邊的吳朗，葉介獨自走到櫃檯。

圓忙著準備結帳時，微微低頭操作手機的葉介忽然抬起頭，一臉開心地說：

「原來是表姪女啊。」

「表姪女？」

「我查了自己該如何稱呼圓小姐。既然都是海老澤吳一的後代，我和圓小姐的父親不就是表兄弟了嗎？而妳是表兄弟的女兒，也就是表姪女。」

「原來還有這樣的稱謂啊。」

圓不禁睜大眼睛，再次感受到綿延相連的血脈有多強大和疏遠。望向放在櫃檯一隅的花瓶，瓶中開著一長串小小的紫紅色花朵。順著圓的視線望去，葉介問：

「這是薰衣草嗎？」

「不，這種花名叫光千屈菜。」

圓輕鬆地回答，暗自感謝昨天送花來時，順便告訴自己花名、由來及花語的則子。她恢復婚前的舊姓，成為「Flower Shop OKUNO」的正式員工了。移居這座城鎮雖然只有一年，則子已是圓工作上不可或缺的夥伴，也是好朋友。

「我對花花草草不熟。」葉介抓抓頭。吳朗終於過來了，悟也推著輪椅上的三千子前來送別。圓對眾人說：

「光千屈菜的花語有『悲傷的愛』、『悲哀』和『慈悲』。由於經常用來當盂蘭盆節祭祖的供花，花語中也有緬懷故人的含意。」

「慈悲啊……」

吳朗輕聲低喃，把一直帶在身上的書放到櫃檯。

「這本書可以保存在這裡的文庫嗎？」

「不帶回去沒關係嗎？」

圓這麼問，吳朗用拳頭按壓了幾下緊繃的臉頰，生硬地微笑：

「沒關係。想讀的話，再來凧屋住兩天就好。我也會來見妹妹的。」

「我則是想見見圓小姐的父親呢。他和海老澤吳一長得一模一樣，對吧？」

一旁的葉介大剌剌地說。吳朗還來不及告誡，悟就搶先回答：

「請一定要來見見他。岳父的事、海老澤先生的事，以及兩位的事，我會好好告訴學的。」

看著悟那雙弦月般瞇細的眼睛，圓拿起放在櫃檯上的書。

「那麼，我確實收下了。」

手中的老舊文庫本沒有任何刺鼻的氣味。圓心想，這本染上三千子味道的海老澤的《心》，自己應該也能讀到最後吧。

夏日的陽光，透過窗戶與玄關拉門上的玻璃照射進來。

葉介嘀咕著「居然要在最熱的時段回家」，吳朗推著他坐上「永瀨鎖行」的白色小箱形車。

「期待兩位再度光臨，路上請小心。」

悟和這麼說著的圓一起九十度彎腰鞠躬。輪椅上的三千子坐挺了身體，凝望駕駛座上的兄長。直到車子駛離凧屋旅館，彎過轉角再也看不見，她的眼睛都沒有眨一下。

萬里無雲的天空高遠遼闊，以原有的形式溫柔包容了所有的錯誤。

參考文獻及底本一覽

川端康成〈女兒心〉／《女兒心》竹村書房，一九三七年，初版
橫光利一〈春天乘著馬車來〉／《春天乘著馬車來》改造社，一九二七年，初版
芥龍川之介〈竹林中〉／室生犀星編《芥龍川之介讀本》三笠書房，一九三六年，初版
志賀直哉〈小學徒的神明〉／《小學徒的神明》岩波文庫，一九三八年，第十一刷
夏目漱石〈心〉／《心》春陽堂文庫，一九三九年，第十刷

出版紀念文

在虛線上等待的故事

名取佐和子

「聽說芥川龍之介經常在這附近散步。」

高中時去朋友家玩，聽說了這樣的事。當時只是聽聽就過，應該沒有放在心上才對，這句話卻不可思議地一直留在腦海。或許是因爲教科書上黑白照片中的昔日文豪，與那座城鎮近海的氣派宅邸及松樹林立的彩色風景怎麼也無法順利重疊，在心底留下了一個疙瘩吧。

多年後，完全成爲大人的我，得知那塊土地上有從明治時代持續經營至戰前的大旅館。齋藤綠雨、小泉八雲、志賀直哉、里見弴、武者小路實篤、芥川龍之介、川端康成等大名鼎鼎的作家都曾住在那裡寫作或靜養。原來如此，那眞的是看到芥川龍之介在路上隨意閒晃也不奇怪的城鎭啊。

頭腦簡單的我，瞬間對那些被稱爲文豪的昔日作家湧現一股親切感。克服「文學艱澀難懂」的偏見，心想那些也都是貼近自身生活與土地的故事，變得開始能夠閱讀他們的文學作品了。我尤其喜歡閱讀住過那家旅館的作家們的作品。甚至特意訂購旅館還在營業的那個時代出版的古書，閱讀以那個時代假名拼寫方式編排的內容。

又過了一段時間，除了閱讀，自己也開始寫小說了。筑摩書房的編輯I問我「有沒有什麼想寫的故事」？

驀地，那座城鎮與海邊的風景，以及住過那家旅館的作家們的黑白照片，浮現我的腦海。

「旅館與文豪」。

我不假思索地回答。只是，那時確定的只有「提到旅館和文豪的故事」、「旅館的名稱爲凧屋」及「凧屋附設了一座收藏戰前古書的文庫」這三點。

書中的角色、時代和故事細節全部未定。換句話說，除了「旅館與文豪」之外，我什麼想法都沒有，形同一張白紙。

在動筆前的這個階段，除了小說靈感之外什麼都沒有的白紙上，隱約有著好幾條虛線。我總是猶豫著該沿哪條虛線切割、組成自己的小說。不，光是要辨識出虛線就得先費一番工夫。

在迷惘中切割虛線組成的前三章，無論如何都揮不去一股「別人的小說」的感覺。和編輯I討論後忍痛全部放棄的那天晚上，走投無路的我拿起家中一本古書翻閱。我永遠不會忘記，這本書就是住過那家旅館的其中一位文豪——川端康成的《女兒心》。

翻開泛黃的書頁，我的手停在版權頁。右側的空白頁面上，寫著我從未造訪的縣市地址和一個男人的名字，最後以工整的羅馬字手寫體寫著「Zôsyo」（藏書）。同一頁的右上角，還蓋著同一個姓氏的印章。

收錄在這本書中的作品，我以前就讀過了，但這還是第一次仔細查看版權頁。我再次意識到，這是一本歷經時代更迭的古書，古書之前有過別的主人，這位生於戰前的前任書主曾經珍惜地閱讀這本書，愛不釋手地收藏。讀過這本細膩描寫女性心理的《女兒心》，並以工整筆跡寫下這些字的男性前任書主，一定也有屬於他自己的人生故事。當我這麼想像時，「旅館與文豪」的白紙上，這次終於清楚浮現我該切割的虛線。

就這樣，我從超過八十年前出版的書及當年讀過這本書的讀者身上獲得力量，完成了《在文庫旅館等待的書》。透過閱讀古今東西的小說，自己的人生故事獲得支持、救贖、共鳴，變得更加豐富——如果這本小說也能來到曾有這種體驗的各位面前就太好了。

NIL 49／在文庫旅館等待的書

原著書名／文庫旅館で待つ本は
原出版者／筑摩書房
作　　者／名取佐和子
翻　　譯／邱香凝
責任編輯／陳盈竹
編輯總監／劉麗真
事業群總經理／謝至平
發 行 人／何飛鵬
出　　版／獨步文化
115台北市南港區昆陽街16號4樓
電話：886-2-25000888　傳眞：886-2-2500-1951
發　　行：英屬蓋曼群島商家庭傳媒股份有限公司城邦分公司
115台北市南港區昆陽街16號8樓
客服專線：02-25007718；25007719
24小時傳眞專線：02-25001990；25001991
服務時間：週一至週五上午09:30-12:00；下午13:30-17:00
劃撥帳號：19863813　戶名：書虫股份有限公司
讀者服務信箱：service@readingclub.com.tw
城邦網址：http://www.cite.com.tw
香港發行所：城邦（香港）出版集團有限公司
香港九龍土瓜灣土瓜灣道86號順聯工業大廈6樓A室
電話：852-25086231　傳眞：852-25789337
電子信箱：hkcite@biznetvigator.com
馬新發行所／城邦（馬新）出版集團
Cite（M）Sdn. Bhd.（458372U）
41, Jalan Radin Anum, Bandar Baru Seri Petaling,
57000 Kuala Lumpur, Malaysia.
電話：+6(03)-90563833　傳眞：+6(03)-90576622
電子信箱：services@cite.my
封面插圖／Naffy
封面設計／蕭旭芳
排　　版／游淑萍
印　　刷／中原造像股份有限公司
●2025年5月初版
售價390元

ISBN 9786267609354（平裝）
9786267609347（EPUB）

國家圖書館出版品預行編目資料

在文庫旅館等待的書／名取佐和子著；邱香凝譯．–初版．– 台北市：獨步文化，城邦文化出版：家庭傳媒城邦分公司發行，2025.05
面；公分．--（NIL；49）
譯自：文庫旅館で待つ本は
ISBN 9786267609354（平裝）
9786267609347（EPUB）
861.57　　114002980

獨步文化
APEX PRESS

廣　告　回　函
北區郵政管理登記證
台北廣字第000791號
郵資已付，免貼郵票

115020台北市南港區昆陽街16號4樓

英屬蓋曼群島商家庭傳媒股份有限公司

城邦分公司

請沿虛線對摺，謝謝！

獨步文化
APEX PRESS

書號：1UY049　　**書名**：在文庫旅館等待的書　　**編碼**：

請於此處用膠水黏貼

獨步文化 APEX PRESS

讀者回函卡

謝謝您購買我們出版的書籍！

請費心填寫此回函卡，我們將不定期寄上城邦集團最新的出版訊息。

姓名：________________　　性別：☐男　☐女

生日：西元________年________月________日

地址：________________

聯絡電話：________________　　傳真：________________

E-mail：________________

學歷：☐ 1. 小學　☐ 2. 國中　☐ 3. 高中　☐ 4. 大專　☐ 5. 研究所以上

職業：☐ 1. 學生　☐ 2. 軍公教　☐ 3. 服務　☐ 4. 金融　☐ 5. 製造　☐ 6. 資訊

☐ 7. 傳播　☐ 8. 自由業　☐ 9. 農漁牧　☐ 10. 家管　☐ 11. 退休

☐ 12. 其他________________

您從何種方式得知本書消息？

☐ 1. 書店　☐ 2. 網路　☐ 3. 報紙　☐ 4. 雜誌　☐ 5. 廣播　☐ 6. 電視

☐ 7. 親友推薦　☐ 8. 其他________________

您通常以何種方式購書？

☐ 1. 書店　☐ 2. 網路　☐ 3. 傳真訂購　☐ 4. 郵局劃撥　☐ 5. 其他

您喜歡閱讀哪些類別的書籍？

☐ 1. 財經商業　☐ 2. 自然科學　☐ 3. 歷史　☐ 4. 法律　☐ 5. 文學

☐ 6. 休閒旅遊　☐ 7. 小說　☐ 8. 人物傳記　☐ 9. 生活、勵志　☐ 10. 其他

對我們的建議：________________

____

____

為提供訂購、行銷、客戶管理或其他合於營業登記項目或章程所定業務需要之目的，家庭傳媒集團（即英屬蓋曼群島商家庭傳媒股份有限公司城邦分公司、城邦文化事業股份有限公司、書虫股份有限公司、墨刻出版股份有限公司、城邦原創股份有限公司），於本集團之營運期間及地區內，將以 mail、傳真、電話、簡訊、郵寄或其他公告方式利用您提供之資料（資料類別：C001、C002、C003、C011 等）。利用對象除本集團外，亦可能包括相關服務的協力機構。如您有依個資法第三條或其他需服務之處，得洽詢本公司服務信箱 cite_apexpress@cite.com.tw 請求協助。相關資料不提供亦不影響您的權益。

☐我已詳讀權利義務之相關條款，並同意遵守。

請於此處用膠水黏貼